石川宏千花

死神うどんカフェ1号店

四杯目

講談社

死神うどんカフェ1号店

四杯目

石川宏千花

YA! ENTERTAINMENT

もくじ

1 7
2 41
3 81

4 115
5 149
6 193

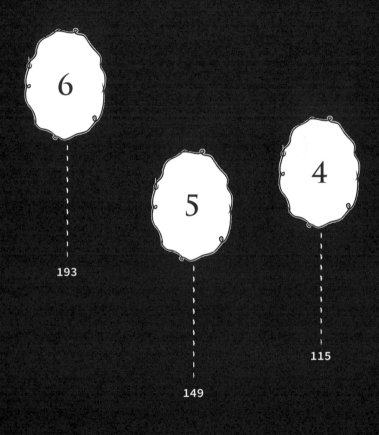

これまでのあらすじ

2年前の夏の事故で心を閉ざした高1の希子は、《死神うどんカフェ1号店》での亜吉良との出会いをきっかけに、きちんと生きていこうと決める。一方、事故で助けた男の子は、自殺未遂をくり返していた。それをとめようとしたり、大人にだまされた目黒先輩のために泣いたり、だれかを思って過ごすうちに、夏が終わった。そしていま、希子の中でなにかがまた、はじまろうとしている——。

死神うどんカフェ1号店

登場人物

星海《ほしみ》 九嵐《くらん》

死神界随一の死神のダンスの踊り手。仕事で訪れた土地で食べたうどんに魅了され、《死神うどんカフェ1号店》をはじめる。

花園《はなぞの》 深海《ふかみ》

仕事上の先輩である星海九嵐を追いかけて、《死神うどんカフェ1号店》にやってきた。見た目のわりに礼儀正しい。

福富《ふくとみ》 一淋《いちりん》

仕事上の先輩である星海九嵐を追いかけて、《死神うどんカフェ1号店》にやってきた。底抜けに明るい。

月太朗《つきたろう》

元は人間の男の子だが、星海九嵐の力でペンギンになった。起きているときはよくしゃべる。

林田《はやしだ》 希子《きこ》

高校1年生。2年前の夏に起きた事故をきっかけに、中高一貫の私立中学から、都立高校に進学先を変更。

三田《みた》 亜吉良《あきら》

希子の元クラスメイト。星海九嵐の力で半死人として生き返り、《死神うどんカフェ1号店》で働いている。

死神うどんカフェ1号店

1

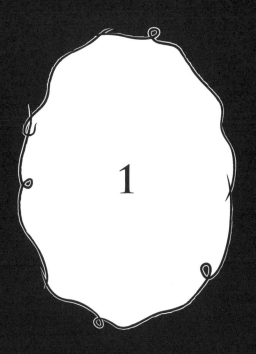

あんまりびっくりして、一瞬《いっしゅん》、言葉を失ってしまった。

「目黒先輩《めぐろせんぱい》……ですよね？」

「そうだよー？　メグシー先輩ですよー？」

夏休みのあいだは、ほとんどプラチナに近いほどだった金髪《きんぱつ》が、見事なくらい、ふつうの髪色《かみいろ》になっている。

休み時間の廊下《ろうか》に呼び出された林田希子《はやしだきこ》は、そこで待っていた目黒先輩――親しい人たちからも、それほど親しくない人たちからも、目黒志津香《しづか》という名前を短縮した、メグシーという呼び名で呼ばれている――の髪に目が釘《くぎ》づけになっていた。

「……別人みたいです」

「そうかなー。こちらとしては、夏休みバージョンの自分のほうがスペシャル版だったから、鏡見て落ち着くのは、こっちのほうなんだけどねー」

抜《ぬ》けるところまで色を抜いていた状態から、完全な黒にもどすのはむずかしかったのか、目黒先輩の髪色は、少し緑がかってはいるものの、ぱっと見はふつうの黒髪に見えている。金髪だったときの目黒先輩とは、受ける印象がまったくちがう。

制服すがたも、予想外に標準仕様だった。奇抜《きばつ》な私服のセンスは、ソックスの柄《がら》にかろうじて見えかくれしているくらいだ。

ちなみにどんな柄《がら》かというと、注ぎたての炭酸飲料がソックス全体にプリントされていて、グラスからあふれ出した泡《あわ》がはき口をふちどっているもので、そのソックスをのぞけば、目黒先輩《せんぱい》は学校指定のありふれた制服をごくごくふつうに着こなしている。

「これなら、お嬢《じょう》さまに見えます」

「ママさまは、前のほうがよかったのにって言ってるけどねー」

「え、そうなんですか？」

「うん。うちのママさまも、ここ十年くらいはずっと金髪《きんぱつ》だから」

廊下《ろうか》で立ち話をするかっこうになっていた希子と目黒先輩を、別のクラスの一年生の女の子たちが、通りすぎざまに、ちらちらと盗《ぬす》み見《み》ていく。

三年生の目黒先輩が、一年生の教室がある三階の廊下にいるのがもの珍《めずら》しいのかな？　と思っていたら、どうやらそうではないらしい。

「メグシー先輩じゃん！　やばい、こんな近くで見たの、はじめてかも！」

「やっぱりかわいいねー！」

「髪《かみ》、黒にもどしちゃったんだ」

「金髪《きんぱつ》、似合ってたのにもったいなーい」

ああ、そうか、と思う。

みんな、目黒先輩《せんぱい》のブログの愛読者たちなんだ、と。

目黒先輩は小学生のころからブログをやっていて、その独特のファッションセンスが海外のブロガーたちに評価されたことで、ちょっとした有名人になっていた。

ただの変わり者は嫌悪《けんお》や拒絶《きょぜつ》の対象になるけれど、圧倒的《あっとうてき》な支持を集めている変わり者は、カリスマになれる——学校はそういう場所だ。

小中学生のころ、希子が感じていたそういった傾向《けいこう》が、高校生になって急になくなるとも思えない。学校はいまも、そういう場所のままなんだろうな、と希子は思っている。

希子が通っているのは、国公立大学への進学率も高く、優等生タイプが多い都立の高校だ。目黒先輩のような個性の持ち主は、ことさら注目を浴びているにちがいなかった。

夏休み中にたまたま親しくなるまで、目黒先輩のことをまったく知らなかった希子のほうが、ちょっと珍《めずら》しいのかもしれない。

そのくらい夏休み前の希子は、学校でのできごとに無関心だった。

だれとだれが親しくしているのかも、さかんな部活動がなんなのかも、同じ学校に通っている生徒ならだれでも知っているようなうわさ話も、なにも知らない。目も耳も口も閉《と》ざして、体だけを動かしていた。

そんな希子が、いまは目も耳も口もちゃんと開いて、親しくしている上級生と、学校の廊下《ろうか》で立ち話をしている。希子にとっては、ほとんど奇跡《きせき》のようにも思えるできごとだった。

たった一か月ちょっと前の自分が、まるで別世界の人間のように思えて仕方がない。

「おーい、希子ちん。聞いているのかい?」

「あっ、はい!」

「げた箱の前の傘立《かさた》てのところで待ち合わせだよ? わかった?」

「はい!」

目黒先輩《せんぱい》は、いっしょに下校する約束をするために、わざわざ一年生の希子の教室まで出向いてきたのだった。

もしかすると、クラスの中での希子の様子が気になったのかもしれない。

希子は変わった。

だけど、はじまったばかりの学校では相変わらず、ひとりでいる。

目黒先輩に呼び出されたときも、希子はざわめく教室の中、ひとり、自分の席に座《すわ》って文庫本を読んでいた。

下校時の指定席は、バスに乗りこんですぐのところにあるひとりがけの席だった。

始発に近い場所から乗りこむので、車内はいつもすいている。座《すわ》りたい席に座れないことは、ほとんどなかった。

その指定席に、希子はきょう、はじめて座らなかった。

目黒先輩《せんぱい》と、ふたりがけのシートにならんで座ったからだ。

「見てー、希子ちん。希子ちんが送ってくれた青いドレスの写真、待ち受けにしてるんだよー」

「えっ？」

あわてて、すぐとなりに座っている目黒先輩のスマホをのぞきこむ。

目黒先輩の言ったとおり、待ち受け画面が、青いサマードレスを着た希子と、その背後に写りこんでいる夏の終わりの海になっていた。

「なんでこれを待ち受けに！」

「この青いドレス着た希子ちんがかわいすぎるからー」

「だからって、待ち受けはちょっと……」

「彼氏《かれし》かい！　って感じ？」

「……です」

「いいじゃないかー。このコーデはこちらが考えたんだしー、そもそも希子ちんにはいま彼氏がいないんだしー、こちらにもいないんだからー、問題なしだよー」

そういうことなんだろうか……と思いながらも、たしかにこのときのコーディネートは目黒先《せん》輩《ぱい》に考えてもらったものだし、という気持ちもあって、希子はそれ以上、待ち受けのことであれこれ言うのはやめた。ほんのりうれしいと感じる気持ちがあったのも、ある。

「ねえねえ、希子ちん」

「なんですか？」

「前にさー、地元が同じじっぽいバス通学の子がいるって話したの、覚えてるー？」

「はい、覚えてます」

「乗ってるよー、その子」

「え、そうなんですか？」

目黒先輩がこっそり目配せをして、いる場所を教えてくれる。バスの最後部、横に長いシートの窓際《まどぎわ》に、同じ学校の生徒だと思われる制服すがたの男子がひとり、ちょこんと座《すわ》っていた。

「雰囲気的《ふんいきてき》にてっきり二年生だと思ってたんだけどー、一年生だったみたい」

「一年生……ですか」

「始業式のとき、体育館に向かう途中でたまたま近くにいたんだー。夏休みが残り二回になったっていっしょにいた子たちと話してて、一年生だったんだ！　って思って」

前髪《まえがみ》が長めだという以外、これといって特徴《とくちょう》のない髪型をしているのだけど、よくよく見ると、耳にかかっている髪の内側が、大胆《だいたん》に刈《か》り上《あ》げられているのがわかる。相当、こだわりのある髪型だ。

まゆもきちんと手入れされているようで、ぼさぼさしていない。野球部の男子たちにありがちな細すぎるまゆではないところが、おしゃれをするのに不慣れではないことをうかがわせる。目黒先輩《せんぱい》が二年生と思いこんでしまってもおかしくなかった。一年生にしては垢抜《あかぬ》けている。

ふうん、あんな人が一年生にいるんだ、と思いながらこっそり盗《ぬす》み見《み》ていたら、その視線がいきなり、希子のほうに向けられた。

わ、見てるのがばれた、とあわてて正面に向き直ったのだけれど、目をそらす間際、向けられたその視線が、思いがけなくとげとげしかったことが引っかかった。

初対面……だよね？

ひそかに首をかしげていた希子に、目黒先輩《せんぱい》がひそひそと耳打ちしてくる。

「あの子、私服がめちゃくちゃかわいーんだよー」

「見たことあるんですか？」

「地元の駅前で、何度か見かけたことあるんだー」

「へえ……」

返事がつい、上の空になってしまった。

それにしても、いくら盗《ぬす》み見《み》をしていたからといって、あそこまで毒気のある目で見られた理由はなんなんだろう、と考えていたからだ。

考えてみても、理由はわからなかった。


いわゆる閑静《かんせい》な住宅街の一角に、そのお店はある。

見た目は、昭和の時代を感じさせる平屋の一軒家《いっけんや》。敷地《しきち》をぐるりとかこんでいる板塀《いたべい》の前に、手書きの看板が立てかけてある。そこがお店だとわかる、唯一《ゆいいつ》の目印だ。

死神うどんカフェ1号店。

店名のとおり、うどん屋さんであり、カフェでもある。ただし、うどんはかまたまのみ、カフェメニューはカフェオレだけ、という風変わりなお店だ。そして、店名どおりなのはそれだけではない。

飲食店の店名に用いるのはちょっと不自然にも思える、死神、という単語。

この単語もまた、〈うどん〉、〈カフェ〉と同様に、このお店と無縁《むえん》なものではないのだった。

「いらっしゃいませー」

すりガラスがはめこまれたレトロな引き戸を横に引くと、威勢《いせい》のいい声が希子を出迎《でむか》えた。

「あれっ、お客さんじゃなかった！　希子だった！」

明るい色の髪《かみ》を、くせ毛風にアレンジした髪型がよく似合う快活な雰囲気《ふんいき》の青年――福富一淋《ふくとみいちりん》が、カウンター席の向こうにある調理スペースから顔をのぞかせている。

手もとから水道水が流れている音がしているので、食器を洗っているのだろう。

「いつもよりぜんぜん早いじゃん。どうしたのー？」

「新学期がはじまったばかりだから、授業がまだないんです」

希子は、カウンター席のいちばんはしに腰《こし》をおろした。ここでは決まってこの席に座《すわ》ってい
る。

通いはじめたのは、夏休みに入る少し前からだ。夏休み中は、お店の定休日と週末をのぞけ
ば、ほぼ毎日のように通っていた。

「そっか、もう学校がはじまってるんですね」

そう言って、一淋の足もとからひょっこりと立ち上がったのは花園深海《はなぞのふかみ》だった。ぱっつんと切
りそろえた前髪《まえがみ》と、両耳いっぱいのピアスが印象的なこの深海も、一淋と同様、このお店の従業
員だ。

床《ゆか》になにかこぼしたのか、手にはぞうきんを持っている。

「じゃあ、しばらくはこのくらいの時間にいらっしゃるんですか？」

「あしたからはもう通常の授業がはじまるので、こちらに立ち寄れるのは夕方になりますね」

「あー、じゃあ、あしたからは逆に、夏休みのあいだと同じ感じになるんですね」

「そうなると思います」

まるで、バイトのシフトの確認《かくにん》のような会話になっているけれど、希子はこのお店で働いてい

るわけではない。

ただ、顔を出しにきているだけだ。

その理由は――。

「あ、林田さん」

洗面所や作業室がある廊下《ろうか》から、黒のギャルソンエプロンを腰《こし》に巻きつけながら三田亜吉良《みたあきら》が出てくる。休憩《きゅうけい》を終えてフロアにもどるところらしい。

制服すがたの希子を見て、亜吉良が言う。

「学校、はじまったんだ」

「はじまったよ」

本当なら、亜吉良も希子と同じ高校一年生なので、新学期のスタートとともに、学校に通っていなければいけないはずだ。

亜吉良がそうせず、このお店で働いている理由こそ、希子が《死神うどんカフェ1号店》に足しげく通う理由だった。

二年前の夏、ふたつの命が救われる代わりに、ひとりの少年が意識不明の状態におちいり、以来、一度も目を覚ますことなく病院のベッドで眠《ねむ》りつづけている。

――亜吉良のことだ。

亜吉良はいまも、病院のベッドにいる。だけど、いまこうして《死神うどんカフェ1号店》で働いているのも、まちがいなく亜吉良本人なのだ。

希子は、亜吉良が意識不明の状態になる原因となった事故に関わっている。そして、亜吉良が送っているこの摩訶不思議《まかふしぎ》な二重生活のことを知っている、唯一《ゆいいつ》の人間でもあった。

だから、希子はこのお店に通いつづけている。

カウンター席のいちばん右の席からごく近い位置に、亜吉良が立った。そこが亜吉良のいつもの待機場所だ。お客さんがいないときには決まってその場所で、手を前に組んで姿勢よく立っている。

「このくらいの時間だと、すいてるんだね」

店内を見回しながら希子が話しかけると、亜吉良は、こく、とうなずいた。

「この時間帯は、カフェメニューのお客さんがほとんどだから。ごはんどきと比べると、かなりヒマになる感じかな」

そう答えながらも、特徴的《とくちょうてき》な深い二重《ふたえ》の亜吉良の目は、なぜだか希子を見ずに、店の入り口のほうをじっと見ている。

「どうしたの？」

「あ、いや……知り合いかな、と思って」

希子も、肩越《かたご》しに振《ふ》り返《かえ》って入り口のほうに視線を向ける。

「あ」

そこにいたのは、目黒先輩《せんぱい》といっしょに乗っていた下校時のバスで見かけた同じ学校の男子生徒だった。

入り口の中に完全には入らず、体半分をのぞかせた状態で、お店の様子をうかがっている。

「知り合い……ではないけど、同じ学校の人だとは思う」

そうなんだ、とだけ答えて、亜吉良がすたすたと歩き出す。

「いらっしゃいませ。お待ち合わせですか？」

「あ、いえ、待ち合わせでは……ないです」

「おひとりでよろしいですか？」

「あ……はい」

「カウンター席とテーブル席がございますが」

「……じゃあ、カウンター席で」

亜吉良に誘導《ゆうどう》されて、希子と同じ学校の男子生徒が、カウンター席へとやってくる。

自ら選んで、男子生徒は希子が座《すわ》っている席とは反対の、左はしの席に座った。

希子のほうには、目も向けていない。

亜吉良が目配せで、本当に知り合いじゃないの？　ときいてきたので、うん、と小さくうなずく。

「ご注文は！」

カウンター席の向こうの調理スペースから、一淋が首を伸《の》ばした。

席に着いたばかりの男子生徒は、メニューが手もとにないため、きょろきょろと辺りを見回している。このお店には、かまたまとカフェオレしかないため、いわゆるメニューというものを用意していないことを知らないのだ。

「あの」

見かねて希子は、声をかけることにした。

「このお店、かまたまかカフェオレしかないんです」

男子生徒が、驚《おどろ》いたような顔を希子に振《ふ》り向《む》ける。話しかけられたことに驚いているのか、かまたまとカフェオレしかメニューがないことに驚いているのか、よくわからない。

男子生徒は、希子にはなにも言わず、一淋に向かって、「じゃあ、かまたまで」と答えた。

「はーい、かまたまひとつねー」

以前は、おもに注文を取ったり、器《うつわ》を洗ったりする仕事だけをしていた一淋だけど、最近はうどんもゆでている。店長からのお許しが出たのだそうだ。

その店長のすがたが見えない。

男子生徒の分のお冷を運んだあと、もとの位置にもどった亜吉良に、こっそりたずねてみる。

「九嵐《くらん》さんは？」

「あ、うん。きょうはちょっと……」

「お休み？」

「いや、月太朗《つきたろう》がちょっと……」

「どうかしたの？」

「具合がよくなくて」

「そうなの？」

亜吉良の表情からすると、軽い風邪《かぜ》、という感じでもなさそうだ。

「寮《りょう》にいるんだよね？」

「うん」

「わかった。あとでちょっといってみる」

そこまで話したところで、希子はふと、真横からの視線を感じて、顔をそちらに向けた。

男子生徒が、じっと希子を見ている。

バスの中で気づいたときの、あの毒気のある視線だった。

「……あのー、バスの中でも、そんなふうに見てましたよね？」

思わずむっとして、希子は少し強めの口調でそう話しかけた。

男子生徒は、ほとんどにらみつけるように希子を見つめたまま、「なんで急に？」と言った。

なんのことを言っているのか、希子にはわからない。

「いままで、まったく接点なかったじゃん」

長めの前髪《まえがみ》からのぞいている、攻撃的《こうげきてき》な視線。

初対面の相手からそんな目で見られなければいけない理由が、希子にはまったく思い当たらない。

とりあえず、相手のことを知ろうと思った。

「何組なんですか？」

「は？」

「だから、そちらは何組なんですか？　わたしは二組ですけど」

男子生徒の視線から毒気が抜《ぬ》けて、いぶかしむような色が差した。

「……こっちも、二組なんだけど」

「えっ？」

「だから、こっちも二組。そっちと同じクラスってこと」

「えっ……と、名前……は？」

「佐多《さた》。佐藤《さとう》の〈佐〉に、多い少ないの〈多〉で佐多」

「佐多……くん」

まったく記憶《きおく》にない。

そもそも、同じクラスの男子というものを、ほとんど認識《にんしき》していないも同然の希子だ。佐多くんに限らず、同じクラスの男子のたいていの顔と名前が一致《いっち》しない。

「林田さんって、ふりじゃなくって、本気で関心ない人なんだ」

「ふり？」

「なんつーか、孤立《こりつ》してる人ってさ、みじめになりたくなくて、わざとまわりに関心ないふりと

かするじゃん」

孤立《こりつ》。

言葉にして言われると、少し、胸がざわついた。

人から見れば、自分はそうなのだと、あらためて教えられたような気がしたからかもしれない。

「ねえ、お客さん」

うどんをゆでている釜《かま》の前にいた一淋が、急に横入りしてきた。

「希子になんか文句でもあるわけ？　さっきからなんかつっかかってるみたいだけど」

「ちょっ……一淋さん！」

お店の人がお客さんにそんな口のきき方をしちゃだめです！　と目線で伝える。

一淋は、なにか言いたげに口を開きかけたけれど、結局、それきりなにも言わなかった。

「あの、佐多くん、このお店の人たちは、わたしにとってちょっと特別っていうか、身内みたいな感じというか……」

だから、あんなふうに口を出してきたのだと説明しようとしたのだけれど、佐多くんはそれをさえぎるように、

「見てればわかる。林田さんがこの店にとってただのお客じゃないってことくらい」

そう言って、軽く肩《かた》をすくめるようなしぐさをしてみせた。

そう言われてみて、はじめて希子は、このお店での自分は特別あつかいを受けているすごい人なんだと思わせようとしていたことに気がついた。

そうではなく、ただ、一淋さんの店員として失礼な態度の説明をしたかっただけだということをわかってもらわなければ、と希子はあわてた。

「あの、佐多くん、わたしが言いたかったのは——」

「だいじょうぶ。林田さんがオレに、自慢《じまん》しようとして言ったんじゃないってこともわかってるから。お店の人をかばいたかったんでしょ」

予想外に、佐多くんはいろいろなことをわかってくれていたようだった。

ほっとすると同時に、佐多くんってどういう人なんだろう、と少し興味もわいた。

佐多くんが、ほおづえをつきながら、ちらりと希子に視線を向けてくる。

「顔、広いんだね。学校以外では」

なぜだかまた、その視線が少し、とげとげしい。

わずかにわいた興味が、みるみるうちに霧散《むさん》していくのを感じた。

「別に、そういうわけじゃ……」

「かっこいいんじゃない？　そういうの。だから、あの人とも……」

あの人？　と希子がきき返すと、佐多くんは、ふいっと顔をそむけてしまった。

もしかして、と思う。

「目黒先輩《せんぱい》のこと？」

佐多くんは、そっぽを向いたまま答えようとしない。

ちょうどそこに、亜吉良がかまたまを運んできた。

「お待たせしました。こちらの醬油《しょうゆ》をかけてお召《め》し上《あ》がりください」

かまたまの器《うつわ》といっしょに、ペンギン型の醬油入れが置かれる。

佐多くんの目が、ペンギン型の醬油入れに釘《くぎ》づけになっているのに気がついた希子は、つい、

「かわいいよね、それ」と話しかけてしまった。

「うん。かわいい」

醬油入れに気を取られていたからか、佐多くんが、予想外に素直《すなお》な反応を見せる。

「どこで売ってんだろ、これ……」

少し遅《おく》れて、佐多くんが急に、我に返ったようになった。希子を、じろっとにらみつけてく

る。

「なに？　男がこういうのかわいいと思っちゃいけないわけ？」

そんなこと言ってない、とびっくりしてしまう。

「言ってないじゃん、そんなこと」

希子の代わりにそれを言ったのは、空になった赤いトレイを手に立ち去ろうとしていた亜吉良だった。

「は？」

あからさまにむっとした顔で、佐多くんが振《ふ》り返《かえ》る。

亜吉良は、いつものひょうひょうとした態度のまま、ぺこりと頭を下げただけで、さっさと歩いていってしまった。

「あっ、あの、佐多くん、わたし、男の子だからどうだとか、そんなこと思ってないから」

佐多くんが、ちらっと希子の顔に視線をもどした。

「……そ。だったら、いいけど」

それだけ言って、すぐにまた、ふいっと顔をそむけてしまう。

なんだか気むずかしい人だな、と思っていたら、今度は佐多くんのほうから話しかけてきた。

「目黒先輩《せんぱい》って呼んでんだ。メグシー先輩じゃなく」

「えっ？　あ、うん。目黒先輩、だね」

「ふうん……逆に仲いい感じだよね」

「そう？　なのかな」

「だって、ほかのみんなはふつう、メグシー先輩じゃん」

「そうみたいだね。佐多くんも、そう呼んでるの？」

「オレ？　オレはそんな……」

真っ白だった佐多くんのほっぺたが、みるみるうちに桃《もも》のようなピンクに染まった。

なんだかよくわからないけれど、佐多くんも目黒先輩のファンだということだろうか。

佐多くんが、じろ、と希子を見る。

「いま、哀《あわ》れんだ？」

「え？　あわ？　……まさか！」

またしても、思いがけない言いがかりをつけられてしまった。希子はもう、戸惑《とまど》うことしかできない。

「口もきいたことないいんだって思った？　って言ってんの！」

「思ってないよ、そんなこと！」

さすがにちょっと頭にきて、強めに言い返す。

佐多くんは、はあ、とおおげさなため息をついた。

「わかってんだよ、自分でも」

なにをわかっているんだろう、と思う。自分がかなり気むずかしい性格だということだろうか。それとも、被害妄想《ひがいもうそう》気味だということだろうか。

「なんで話しかけられないんだよ、バカじゃないのかオレって」

どちらでもなかった。どうやら佐多くんは、目黒先輩《せんぱい》に話しかけられない自分がバカみたいだと思っているだけらしい。

「このままいったら、ストーカーまっしぐらだってことも、ちゃんとわかってるし」

聞き捨てならないことまで言い出した。

「ストーカーって、まさか、家までついていったりとか……」

「したよ、しちゃってるよ、何回も！　ブログはもちろん、あの人がやってるSNS関係はひとつ残らず日参してますよ！」

それはもう、ストーカーまっしぐらというよりは、なってしまっていると言ってもいいのでは、と思っていたら、またしても佐多くんは、勝手に怒《おこ》りはじめた。

「いいよ、言いなよ、はっきり。きしょいって！」

「だから、思ってないってば、そういうこと！　勝手に人の気持ちを決めつけないでよ！」

ここまで気が立ったのは、久しぶりだと思った。希子の怒《いか》りが伝わったのか、佐多くんが、ちょっとたじろいだ様子を見せている。

「決めつけるっていうか……ぜったいにそう思ってるんだろうなって思ったから……」

「なんでそんなふうに考えるの？」

「……くせっていうか」

「よくないくせだよ、それ！」

「うん……」

「直したほうがいいと思う！」

「……うん……っていうか、林田さん、学校にいるときと別人みたいなんだけど」

あ、と思う。

つい興奮して、気になったことを全部、ぶちまけてしまった。

「熱い人なんだね、意外と」

佐多くんが、ちょっとあっけに取られたようにそう言った直後、「あのー」とカウンター席の向こうの調理スペースから、声がかかった。

「冷める前に、醤油《しょうゆ》をかけてかき混ぜたほうがおいしく召《め》し上《あ》がっていただけますよ」

深海だった。

いつもの丁寧《ていねい》な口調で、佐多くんにかまたまを早く食べるよううながしている。

佐多くんは、「あ、はい」と返事をすると、あわてたようにペンギン型の醤油入れを手にして、醤油をかまたまの上に回し入れた。

ぎし、ときしんだ音を立てる板張りの廊下《ろうか》を進む。

一階にある共有スペースのリビングには、何度となく足を運んでいる《しにう荘《そう》》だけど、星《ほし》海《み》九嵐の部屋をたずねるのは、これがはじめてだ。

少しだけ緊張《きんちょう》しながら、希子は九嵐の部屋の前に立った。

ここ、《しにう荘》は、《死神うどんカフェ1号店》の従業員のための寮《りょう》だ。相当な築年数の木造アパートで、二階部分は各自の部屋、一階部分の半分は、三つ分の部屋をぶち抜《ぬ》いて、ひとつの空間にしてある。

「九嵐さん、林田です」

チョコレート色の木の扉《とびら》を軽くノックしながら、声をかける。

「希子さん？」

扉の向こうから、少し寝《ね》ぼけたような声が聞こえてきた。

「はい、林田です」

「どうぞ、鍵《かぎ》はかかってないんで」

うながされるまま、扉を開く。

部屋の真ん中に、ふとんが敷《し》いてあった。その上に、黒々とした丸みのある物体が横たわっているのが見える。九嵐は、それに添《そ》い寝《ね》をするように、畳《たたみ》の上に寝そべっていたようだ。希子が扉を開けるのと同時に身を起こしたらしく、髪《かみ》が乱れていた。

亜吉良の部屋とは、窓の数がちがう。ざらざらした砂壁《すなかべ》と畳の床《ゆか》は、まったく同じだ。ものの少なさも、よく似ている。九嵐の部屋にも家具らしい家具はほとんどなく、唯一《ゆいいつ》、背の低い木製の本棚《ほんだな》だけが存在感を放っていた。

「月太朗くんの具合はどうですか？」

畳《たたみ》の上に両ひざをつきながら希子がそうたずねると、九嵐は、ふとんの上に寝《ね》かせた黒々とした丸みのある物体――ペンギンだ――に視線を落としながら、「ああ、それで」と言った。

「わざわざこっちに寄ってくれたんだ」

「あ、はい。ちょっと気になったので……」

「少し、疲《つか》れがたまったんだと思う。起きるのがおっくうみたいで」

「起きるのが……おっくう」

「目は覚めるんだけど、起き上がるのがしんどいというか、そういう状態らしくて」

「そうなんですね……」

月太朗は、ただのペンギンではない。しゃべるペンギンだ。声の様子からすると、まだ小さい男の子のようなのだけど、口調や話す内容は常に上から目線で、ひとことで言うなら生意気そのものだ。

とにかく、月太朗はしゃべるペンギンだ。どうしてしゃべるのかといえば、もとは人間だったからだ。

希子は、顔をうつむかせて月太朗を見つめている九嵐の横顔を、そっと盗《ぬす》み見《み》た。

これといって特徴《とくちょう》のない顔立ちをしているのに、じっと見つめていると、たまらなく魅力的《みりょくてき》に思えてくるのが、九嵐の顔の不思議なところだ。

あまり長く見つめてしまわないよう気をつけながらも、希子は、九嵐の横顔を凝視《ぎょうし》しつづけた。

人間だった月太朗が、いまはペンギンとして生きている理由を、希子は知らない。知っているのは、その状態が九嵐によってもたらされた、ということだけだ。

「……九嵐さん」

「はい」

「月太朗くんは、どうしてペンギンに？」

ずっと、きいてみたかったことだ。

希子の急な問いかけに、九嵐は顔をうつむかせたまま、よく響《ひび》くその低い声で、「どうだったかな」と答えた。

「なんとなく、そういう流れになったから？」

少しあいだを置いてから、そう言い足す。

言いたくないのだ、とすぐにピンときた。

「……死神なのに」

ぽつりとひとりごとのようにつぶやいた希子に、九嵐が顔を上げる。希子の顔を、じっと見つめてくる。希子もまた、九嵐の目をまっすぐに見つめ返した。

「ときどき……すごく人間っぽいんですよね、九嵐さんたちって」

希子には、わかる。

月太朗がペンギンとして生きている事情を九嵐が明かさないのは、それを希子が知れば、ショックを受けたり、悲しんだりするからにちがいない、と。

ほんのひと夏、いっしょに過ごしただけではあるけれど、それだけあればじゅうぶんだった。それくらい、九嵐たちは希子に、人に、やさしかった。

九嵐は、どういう意味で希子が自分たちのことを人間っぽいと言ったのかわからずに、戸惑《とまど》っているようだった。瞳《ひとみ》が少し、揺《ゆ》れている。

ずいぶん長く見つめ合ってしまった、と思いながら、希子はそっと、自分から目をそらした。これ以上、九嵐と目を合わせたままでいれば、魅入《みい》られてしまうとわかっているからだ。

一度死にかけたことがある人間は、死神に魅入られやすいらしい。

店名の《死神うどんカフェ1号店》の中に入っている〈うどん〉と〈カフェ〉が、お店で出しているメニューを意味しているように、〈死神〉もまた、お店の中に存在するものを意味している。すなわち、店長の九嵐および、従業員の一淋と深海のことだ。

九嵐は、うどんに魅了《みりょう》されて夜逃《よに》げ同然に死神界から出てきてしまった元死神。一淋と深海は、そんな九嵐を死神界につれもどすため、一時的に人間界に滞在《たいざい》している現役《げんえき》の死神――《死神うどんカフェ1号店》は、元死神と死神たちによって営まれているお店なのだ。

亜吉良が、九嵐の持つ〈肉貸《にくか》し〉という能力によって、半死人《はんしにん》として半分だけ生き返っていることを知っているのが希子だけであるように、《死神うどんカフェ1号店》が元死神と死神たちによって営まれているお店だということを知っているのもまた、希子だけだ。

いまでは多くの常連客もいる中、この秘密だけは、希子以外のだれも知らない。

希子は、眠《ねむ》りつづけている月太朗に向かって、そろりと手を伸《の》ばした。

「元気になりますよね？　月太朗くん」

月太朗の翼《つばさ》にそっと触《ふ》れながら希子がそうたずねると、九嵐は、こく、と小さくうなずいた。

「なるよ」

細いけれど成熟している体つきや、しっとりと落ち着いた物腰《ものごし》に比べると、やや童顔に思えるその顔立ちに不似合いな九嵐の低めの声は、わけもなく希子を安心させる。

九嵐がそう言うのなら、きっと月太朗は元気になるはずだ、と。

希子は、月太朗を起こしてしまわないよう、静かに立ち上がろうとした。気をつけたつもりだったのに、畳《たたみ》の床《ゆか》が、ぎ、ときしんでしまう。

その瞬間《しゅんかん》、希子の手が触《ふ》れていた月太朗の翼《つばさ》が、ぴく、と痙攣《けいれん》したように動いた。

起こしてしまったかと思って、ぎくりとなる。様子をうかがうと、起きてはいないようだった。ただ、なにかうわごとを口にしているようだ。そっと耳を近づけてみる。

「ママ……もういっちゃうの？」

聞こえてきたのは、いつもの生意気な月太朗からは、聞いたこともないような甘《あま》えた口調での呼びかけだった。

ママって、言った……。

凍《こお》りついたように、希子は動けなくなる。

いままで、考えてみたこともなかった。

月太朗の母親のことなんて。

そうだ。月太朗が本当に小さな男の子だとしたら、そのそばには母親がいたはずだ。

「……いかないで、ママ……もう少し、いっしょにいて……」

月太朗は、希子を自分の母親だとかんちがいして、引き止めているようだった。

目に見えない腕《うで》に、突然《とつぜん》、羽交《はが》いじめにされたような衝撃《しょうげき》が、希子を硬直《こうちょく》させつづけている。

どうしていいかわからず、希子は、すがるように九嵐を見た。

九嵐もまた、答えを持たない目をして、ただ希子を見つめ返すばかりだった。

2

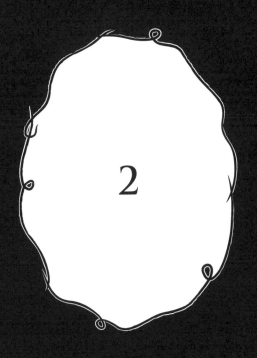

時間が止まったように感じる、という状態を、自分はいままさに体感している、と希子《きこ》は思った。

自分も止まっているし、九嵐《くらん》も止まっている。

どちらが先に時間を動かせるだろう、と思っていたら、それをしたのは、いきなり扉《とびら》を開けて飛びこんできた一淋《いちりん》だった。

「よかったー、希子、まだいた！」

一淋はずかずかと室内に入ってきて、「はい、これ！」と言って、紺色《こんいろ》のパスケースを希子にさし出した。

あ、と思って通学バッグに手をやると、リードの先にあるはずのパスケースがない。

「希子が帰ったあと、席に落ちてた」

「すみません！　わざわざ届けてくださったんですか」

「あしたも使うでしょ？」

「はい、使います」

一淋は、にこにこしている。自分が扉を開けるまで、この部屋の時間が止まっていたことなど、気がついてもいない顔だ。

「もしかして希子、帰るところだった？」

「あ、いえ……はい」

「じゃあ、途中《とちゅう》までいっしょにいこ！　オレ、すぐに店にもどらなきゃだから」

「わ、すみません、抜《ぬ》け出《だ》してきてくれたんですね」

「だいじょーぶ、ちょっとくらいなら。いま、すいてるし、深海《ふかみ》もみーたもいるし」

そう言いながら一淋は、九嵐の背中越《せなかご》しに月太朗《つきたろう》の様子をうかがった。

「月太朗、どう？」

「まあ、よくもなく、悪くもなく」

「そっかー。あ、店のほうは心配ないからね、先輩《せんぱい》」

「うどんは？　足りてる？」

「うん。夜の分も、なんとかいけそう」

「そうか」

九嵐との短い会話を終えると、一淋は先に立って廊下《ろうか》に出た。流されるまま、希子もあとを追う。

扉《とびら》を閉めるとき、肩越《かたご》しに振《ふ》り返《かえ》って見た九嵐は、もう顔をうつむかせていて、月太朗も、いまはもううわごとを口にすることもなく、すやすやと眠《ねむ》っているようだった。
かける言葉が、思いつかない、
希子は無言のまま、そっと扉《とびら》を閉めた。

希子の自宅は、《死神うどんカフェ1号店》からは徒歩五分ほど、《しにう荘《そう》》からは、十分ほどの距離《きょり》にある。

「そういえばさー、さっき希子といっしょにカウンター席に座《すわ》ってたやつ、あれ、なんだったの？」

「ああ、佐多《さた》くん。佐多くんは、同じ学校の人なんです」

「えらく希子につっかかってたじゃん」

「あれはですね、佐多くんの憧《あこが》れの人――目黒先輩《めぐろせんぱい》のことですけど――と、わたしがたまたま仲よくなってしまったので、ちょっとイラッとしちゃったみたいです」

「そんなことでイラッとするー？」

あんまり一淋が邪気《じゃき》なく驚《おどろ》いているので、つい、吹《ふ》き出《だ》してしまった。人なつっこくて、だれに対しても遠慮《えんりょ》のない一淋には、まるで共感できない感情なのだろう。

佐多くんは結局、かまたまを食べ終わると、じゃあ、お先に、という感じでさらりと帰っていった。

希子が感心したのは、目黒先輩《せんぱい》と仲よくなるために、希子を利用しようという気がまったくなさそうなところだった。

去りぎわに、佐多くんはこう言った。

『オレのことは、ぜったいに先輩には言わないでよ』

ふつうだったら、目黒先輩と帰るときには自分も誘《さそ》ってほしいとか、いっしょにお茶できるようにしてほしいとか、そういうことを言ってくるんじゃないのかな、と思ったのだ。

そこまで頭が回っていなかっただけなのかもしれないけれど、そういうところもふくめて、ちょっと不器用そうな佐多くんは、憎《にく》めない人なのかもしれないな、と思う。

希子の家よりも先に、《死神うどんカフェ1号店》が見えてきた。

「うちまで送ってく?」

「だいじょうぶです。まだ早いし」

「そ。じゃあ、またあしたね!」

「はい、またあした」

一淋とは《死神うどんカフェ1号店》の前で別れて、残りの五分はひとりで歩いた。

そのあいだ、希子がずっと考えていたのは、当然のように月太朗のことだった。

考えれば考えるほど、頭の中が疑問符《ぎもんふ》でいっぱいになっていく。

角を曲がると、自宅の門が見えてきた。自然と足が止まる。

一淋に流されて出てきてしまったけれど、このままなにも聞かずにすませるのは、やっぱりちがう気がする、と思った。

通学バッグの中から、ケータイを取り出す。少し前に登録したばかりの【星海《ほしみ》九嵐】を、アドレス帳から呼び出した。

いまきた道を引き返しながら、九嵐が電話に出るのを待つ。

「もしもし？　希子さん？」

「あ、九嵐さん！　いきなり電話しちゃってすみません」

「いいけど……どうかした？」

「あの、ちょっとだけ、リビングにおりてきてもらえませんか？」

「リビングって……うちの？」

「はい、わたし、いま引き返してるところなんで」

「話があるってこと？」

「そうです。九嵐さんに、おききしたいことがあるんです」

少しだけ、間が空いた。

「わかった。じゃあ、リビングで」

「はい！　すぐにいきます」

通学バッグの中にケータイをもどすと、希子は《しにう荘》に向かって走り出した。

見上げるほど背の高いげた箱が左右に備えつけられている玄関《げんかん》を抜《ぬ》けるとすぐに、共有スペースのリビングの扉《とびら》がある。

希子が扉を開けると、九嵐はすでにソファのそばに立って待っていた。

三部屋分の窓がある、長方形の明るい一室だ。使いこまれた茶色い革《かわ》のソファの下には、赤、青、紫《むらさき》、緑といった濃《こ》い原色の生地《きじ》がつぎはぎされたラグマットが敷《し》かれている。

外国の古いおうちのような雰囲気《ふんいき》があるこのリビングは、この寮《りょう》の住人たち全員の憩《いこ》いの場でもあった。

「すみません、急に」

近づいていくと、九嵐は横に長いソファへの着席を手のしぐさでうながしつつ、自分は、そのななめ向かいに置かれたひとりがけのソファに腰《こし》をおろした。

九嵐に体の正面を向けながら座《すわ》った希子に、九嵐のほうから話しかけてくる。

「月太朗のこと？」

「あ、はい、そうです」

「なにがききたいの？」

希子は、少しだけ考えこんでから、頭に思《おも》い浮《う》かんだことをそのまま口にした。

「わたしはいままで、漠然《ばくぜん》とですけど、月太朗くんも三田《みた》くんと同じ状態なんだろうなって思ってました」

「亜吉良《あきら》と同じっていうのは？」

「つまり、月太朗くんの本体もどこかにあって、九嵐さんの〈肉貸《にくか》し〉の力で、一時的にペンギンとして生きてるんだろうなって」

「うん」

「でも、だったらどうして、三田くんは人間で、月太朗くんはペンギンなんだろうって思ったんです」

希子の話を黙《だま》って聞いている九嵐は、ひとりがけのソファに浅く座《すわ》って、開いた両ひざの上に軽くひじを置いていた。

なんでもない姿勢なのに、やけにかっこよく見えるのは、九嵐がダンスの名手だからだろうか。

一淋も深海も、そろって九嵐の踊《おど》る死神のダンスに心酔《しんすい》していて、なにかというと、先輩《せんぱい》のダンスはすごい、と褒《ほ》めたたえている。

人間である希子が、好奇心《こうきしん》のためだけにそれを見ることはできない。見れば希子には、死が訪《おとず》れるからだ。

だから、希子が九嵐の踊るすがたを見たことは一度もないのだけれど、そのたたずまいや立ちすがた、ちょっとした手足の動かし方から、なんとなく察してはいる。一淋と深海は、決しておおげさに言っているわけではないのだろう、と。

「希子さん」

九嵐が、組んだ両手をあごの下に押《お》し当《あ》てながら希子を呼んだ。

「はい」

「オレの前では泣かないって約束できる?」

「え？」

「オレは、泣いてる人を泣きやませるのが得意じゃないから、希子さんに泣かれると困る。泣かないって、約束できる？」

よく考えもせずに、希子は即答《そくとう》した。

「ぜったいに泣きません。約束します」

「本当に？」

「はい！」

しっかりと念まで押《お》して、ようやく九嵐は、話す気になったようだった。

「まず、亜吉良と月太朗のちがいだけど」

九嵐は、希子の顔を見ているのか見ていないのか、よくわからないまなざしを向けている。

「亜吉良が人間で、月太朗がペンギンなのは、単純に、亜吉良の本体はまだ生きていて、月太朗の本体はもう死んで、この世にないからだ」

どくっ、と心臓がおかしな動きをして、全身に一気に熱い血を送りこんだような気がした。指先まで、熱くなる。

「月太朗くんは、もう……死んで……」

「燃えて、骨になって、土の中だ」

どうしていままで気づかなかったんだろう、と思った。

亜吉良が人間で、月太朗がペンギンな理由。

言われてみれば、そのちがいが持つ意味は、あまりに明快だった。

◇

お店と住居、両方のリノベーションをたのんだ内装工事の会社は、電車で約一時間のところにあった。

二度目の打ち合わせの日、九嵐は一時間ほどかけて訪《おとず》れたその街で、うどんを食べて帰ろうと思いついた。

スマホで検索《けんさく》し、評判のいいうどん屋をピックアップしてから、歩き出す。

不慣れな土地の、入り組んだ路地に翻弄《ほんろう》されて、なかなか目的の場所にいきつかない。

うろうろとさまよっていると、人気《ひとけ》のない細い路地のかたすみに、小さな子どもがうずくまっているのに気がついた。

近づいてみる。うずくまったまま、顔を上げようともしない。

「どうした?」

声をかけても、反応がない。よくよく見れば、靴《くつ》をはいていなかった。裸足《はだし》の足の裏が、土色に汚《よご》れている。着ているパジャマのようなスウェットの上下も、薄汚《うすよご》れていた。

年のころは、四、五歳《さい》というところだろうか。驚《おどろ》くほど手足がやせ細っていて、顔にも肉がついていない。やせすぎているせいで、本当の年齢《ねんれい》がわからない。もしかすると、もう少し年長なのかもしれなかった。

ほとんど骨だけの手には、子猫《こねこ》ほどの大きさのペンギンのぬいぐるみがにぎりしめられている。そのぬいぐるみもまた、汚れていた。

しゃがみこみ、肩《かた》を抱《だ》くようにして起こしてやる。

「おい、だいじょうぶか?」

血の気のない小さな顔が、ようやく九嵐の存在に気がついて、かすかな反応を見せた。真っ白なくちびるが、小刻みに震《ふる》えながら、ゆっくりと動く。

「……おにいちゃんは、だあれ?」

「だれでもない。たまたまここを通りかかっただけだ」

「あのね、ぼく……おうちを出ちゃいけなかったの。でも、あんまりおなかがすいたから、出ちゃった……」

「そうか」

「ママに見つかる前に、帰らなくちゃ……でも、動けないんだ」

「ずいぶん衰弱《すいじゃく》しているようだからな」

「おにいちゃん……ぼくをおうちにつれて帰ってくれる？」

「いや、おまえのうちにはつれていかない」

「……どうして？」

「おまえは、病院にいく必要がある」

「だめだよ、おにいちゃん……勝手なことしたら、ぼく、ママに怒《おこ》られちゃう……」

「おまえのママはどこにいるんだ？」

「わかんない……」

「うちにはいないんだな？」

「うん」

九嵐は、小さな体を正面から抱《かか》えこみながら、立ち上がった。ぐったりとして力の入っていない体を右肩《みぎかた》の上に乗せるようにすると、片手でスマホを操作し、近くの病院を検索《けんさく》する。

「おにいちゃん……あの人、だあれ？」

耳もとから聞こえたか弱い声に、はっとして振《ふ》り返《かえ》る。

仲間が、いた。正確には、元仲間、だ。

だれもいない白昼の路地の真ん中で、一心不乱に踊《おど》っている。

元仲間――死神の踊るダンスは、人を死にいざなう。いまこうして、この子どもが死神のダンスを目にしているということは、死亡予定の時刻が迫《せま》っているということだ。

九嵐が振り返ったときにはもう、元仲間の踊るダンスは終わりかけていた。

検索の途中《とちゅう》だったスマホを、ジーンズのポケットにもどす。病院をさがす必要が、もうなくなったからだ。

視線をもどすと、そこにはもう、だれもいない路地だけがあった。元仲間はすでに、仕事を終えて立ち去ったあとだった。

「いなくなっちゃった……」

耳もとで聞こえる声が、さらに弱々しくなっている。九嵐は、地面に片ひざをついた。小さな体が楽に逝《い》けるよう、手足を伸《の》ばしてやりながら、背中を抱《かか》え直《なお》す。

「苦しくないか？」

「うん……」

小さな手が、九嵐のシャツの胸《むな》もとをぎゅっとにぎってくる。

「ねえ、おにいちゃん……」

「なんだ？」

「つきちゃん、あずかってくれる？」

「つきちゃん？」

「この子、月太朗っていうの」

そう言って弱々しく持ち上げた右手には、ペンギンのぬいぐるみが大事そうににぎられていた。お願い、というように、さし出してくる。

九嵐を見上げている瞳《ひとみ》が、少しずつ光をなくしつつあった。あとほんの少しのあいだしか、この子どもは生きていることができないんだな、と思った。長くて数分、短ければ、数秒だ。

それなのに、そばにいるのは通りすがりの元死神だけで、しかも、最後の望みが、薄汚《うすよご》れたペンギンのぬいぐるみをだれかにあずけることだけだなんて——。

九嵐は思った。いまなら、と。いまなら、ぎりぎり魂《たましい》を吸い出すことができる。

どうしてそんなことを、と思うよりも先に、体が動く。九嵐はひったくるように、ペンギンのぬいぐるみを手に取った。

「ひとまず、ここに入れ。あとでちゃんと動ける体に入れ直してやるから……」

九嵐の体のまわりで、線香花火《せんこうはなび》のようなはかない火花がぱちぱちとまたたきはじめた。

九嵐の腕《うで》の中にいた男の子の体から、完全に力が抜《ぬ》け落《お》ちる。九嵐のシャツの胸《むな》もとをつかんでいた左手が、ぽてん、と九嵐のひざの上に落ちた。

魂《たましい》を失った小さな体を、やさしく地面に横たえてやる。

ジーンズのポケットにしまったばかりのスマホを、ふたたび手に取った。

「もしもし、男の子が道に倒《たお》れているんですが――」

必要な連絡《れんらく》を終えた九嵐は、救急車のサイレンの音が聞こえてくるまでその場で待ってから、駅に向かって歩き出した。

歩き出した瞬間《しゅんかん》、九嵐は思った。ああ、そうか、自分はもう、死神でいることをやめたのだな、と。

頭ではわかったつもりでいたけれど、本当にはわかっていなかった。見ず知らずの子どもの魂の消失に、わけもなく胸を痛める自分がいることに気づくまでは。

サイレンを鳴らして近づいてくる救急車とすれちがいながら、駅へと急ぐ。

その腕《うで》には、薄汚《うすよご》れたペンギンのぬいぐるみが大事そうに抱《かか》えられていた。

◇

「ぬいぐるみ……なんですか？　いまの月太朗くんって」

まぬけなことに、真っ先に希子の口をついて出てきたのは、そんな質問だった。

「あ、いや、最初に月太朗の魂《たましい》を入れたのはぬいぐるみだったんだけど、いまの月太朗は、本物のペンギン」

「……どういうことですか？」

「オレが最初に月太朗にしたのは、単なる魂の移動だけで、〈肉貸し〉はしてないんだ。移動させるだけなら、対象はなんだっていい。たとえば、このソファにだって魂は入れられる」

江戸川乱歩《えどがわらんぽ》の『人間椅子《にんげんいす》』を思い出してしまった。

頭が少し、ぼうっとしているようだった。

本当に考えなくちゃいけないことを避《さ》けていて、どうでもいいことばかり考えているような気がする。

「じゃあ、いまの月太朗くんは……」

「〈肉貸し〉の力で、本物のペンギンになってる」

「本物の……ペンギン」

どうしてペンギンじゃなくちゃいけなかったんだろう、と思った。たとえ本体がもうないのだとしても、〈肉貸し〉という能力が、仮の体を一から作り出すものなのだとしたら、月太朗くんのもともとの体を再現したってよかったんじゃないだろうか、と。

希子の疑問を先取りするように、九嵐が言う。

「月太朗が言ったんだ。ペンギンがいいって」

「月太朗くんが？」

「ちょっとややこしいけど、月太朗本人が、ぬいぐるみの月太朗と同じペンギンになりたいって、そう望んだ。だから、月太朗が自分で図鑑《ずかん》を見て選んだペンギンを、〈肉貸し〉の力で作って、その中に入れた」

希子は、まばたきを忘れた。

見開いたままの目で、九嵐を見つめる。

九嵐は、淡々《たんたん》と話しつづけた。

「人間の魂《たましい》は、人間以外のものに入れると、魂に型がついてもとにもどしにくくなる。月太朗にもし本体があったら、本人がそれを望んでも、ペンギンにはしていなかった」

涙《なみだ》は出なかった。

悲しいとか、月太朗がかわいそうだとか、そんな気持ちにもなっていない。

希子はただ、呆然《ぼうぜん》としていた。

呆然としたまま、ぽつりと言う。

「いつまで……ですか」

九嵐の目が、しっかりと希子を見たのがわかった。

「月太朗くんは、いつまでいまのままでいられるんですか?」

「……勘《かん》がいいね、希子さんは」

そう言って九嵐は、くちびるだけで笑った。

「希子さんが想像しているとおり、本体を失った魂は、人間界にそう長く残留していることはできない。月太朗は、もう三か月近くあの状態でいるから……そうだな、長くてもあと数週間ってところだろうな」

思っていた以上に、具体的な日数を九嵐は口にした。

「長くても、あと……数週間」

「いまの体調の悪さは、その前兆だ。オレが貸してるいまの体から、魂《たましい》が離《はな》れる準備をはじめたせいで、調子をくずしてる。このあと、月太朗はいったん元気になる。いままでどおりに過ごせるようになるはずだ。それが、月太朗にとって最後の日々になると思ってくれればいい」

希子が、月太朗は元気になるかとたずねたとき、九嵐は、なるよ、と答えた。

それは、うそではなかった。

ただ、そのつづきがあることを、九嵐は言わなかっただけだ。

「希子さん」

「はい……」

「希子さんには、これまでと同じように月太朗に接していてほしい。だから、話した。希子さんが月太朗のことを気にしたままでいると、たぶん、あいつはそれに気づいてしまう」

九嵐の言うとおりだった。

こうして九嵐からなにもかも聞かせてもらえなければ、自分はきっと、月太朗の言動のひとつひとつに目を光らせたり、それとなくさぐりを入れるようなことを言ったりしたりしてしまっただろう。

「月太朗は、希子さんの前では特に、月太朗のままでいたいはずだから……」

人間だったときの自分のことなんか、知られたくない。

九嵐たちといっしょに、毎日、楽しく暮らしているペンギンの月太朗としての自分だけを、知っていてもらいたい。

それが月太朗の望んでいることだと、九嵐はちゃんと知っている。

だから、なにもかも話してくれた。

希子が、知りたがったことすべて。

これ以上、希子が知りたがらないように。知りたがって、月太朗を傷つけてしまわないように。

「ほとんどもう……パパですね」

不思議なくらい、明るい声が出た。

「パパ？」

九嵐が、小首をかしげるようなしぐさをしている。

「パパですよ、パパ。九嵐さんはもう、月太朗くんのパパです」

そう言って、希子はいきおいよくソファから立ち上がった。

「いろいろ話してくださって、ありがとうございました！　心配しないでください。これでわたしはもう、なにも知りたがったりしません。いままでどおり、みなさんと楽しく……月太朗くんと……」

そこまで言って、自分の声がひどく震《ふる》えていることに気がついた。

だめだ、泣くな、と思う。

約束したじゃないか。

ぜったいに泣かないって。

希子は、ぺこっとおじぎをすると、急いで廊下《ろうか》に飛び出した。

九嵐の前で泣くわけにはいかない。

約束は、守らなければ……。

「あっ」

廊下に飛び出したところで、よく磨《みが》かれた板張りの床《ゆか》の上で、ソックスをはいた足の裏が思いきりよく滑《すべ》ってしまった。

しりもちをついた希子の頭上から、よく響《ひび》くあの低音の声が降ってくる。

「……だいじょうぶ？」

希子は、顔を上げないまま、こくこく、とうなずいた。

立ち上がろうとした希子の腕《うで》を、九嵐がうしろからつかんで手伝おうとする。無意識のうちに、希子はそれにあらがおうとした。ひとりでもだいじょうぶだから、と伝えるつもりで。

少し、もみ合うようなかっこうになった。それでも九嵐は、希子の腕を離《はな》そうとしない。離せば、希子がそのままくずれ落ちてしまうとでも思っているかのようだ。

負けずに希子も、九嵐の腕を振《ふ》り払《はら》おうとした。その拍子《ひょうし》に、いきおいあまって体が前につんのめった。すかさず、九嵐が抱《かか》えこむようにして希子の体を支える。

床《ゆか》にひざをついた希子を、うしろから抱えこんだまま、九嵐が立たせようとした。そうするあいだも、九嵐は力を入れすぎないよう、やさしく希子を抱えている。

そして、いたずらをした子どもをしかるおとなのように言うのだった。

「守れない約束は、しないほうがいいな」

九嵐に支えられながら、よろりと立ち上がる。その拍子に、大粒《おおつぶ》の涙《なみだ》がぽたぽたと、床の上にこぼれて落ちた。九嵐がごく自然に、希子の肩《かた》を抱《だ》き寄《よ》せる。

「ごめんなさい……約束やぶって……ごめんなさいっ……」

九嵐は、希子の頭をその大きな手のひらで包みこむようにしながら、もう片方の手でそっと抱《だ》き寄《よ》せてくれた。

九嵐の胸に顔を押《お》しつけて、声を殺して泣いた。

泣きやまない赤ちゃんをなだめすかすように、九嵐の手は、やさしく希子の背中をなでさすってくれている。

泣いている人を泣きやませるのが得意じゃないから、と九嵐は言った。

だから、泣かないと約束してほしいと。

当たり前だ、と希子は思った。

こんなふうにされたら、いつまでだって泣いてしまう。好きなだけ泣いていい、と言われているみたいだ、こんなの……。


「もしもし？　林田《はやしだ》さん？」

「ごめんね、こんな時間に。起きてた？」

「起きてたよ」

「ちょっとだけ、話してもだいじょうぶ?」

「うん」

「三田くんは……知ってた? 月太朗くんのこと」

ケータイの向こうからかすかに伝わってくる亜吉良の気配が、ほんの少しだけ、かたくなったのがわかる。

「だいたいは」

「そう」

「聞いたの? だれかに」

「九嵐さんから」

「そっか」

「だいじょうぶだよ、わたしも、三田くんたちみたいに、知ってても知らんふりするから」

「あー……うん」

「ねえ、三田くん」

「なに?」

「三田くんは、本当に強い人だね」

「……なに、急に」

「だって、知ってたんだよね？　三田くんは月太朗くんのこと。それなのに……」

月太朗といっしょにいるときの亜吉良は、いつだって自然で、ひょうひょうとしていた。いつもの亜吉良のままだった。

つぶやくように、亜吉良が言う。

「月太朗が……楽しく過ごせるのがいちばんだから」

「うん、そうだよね。だから、わたしもそうする」

亜吉良のまわりが、やけに静かだった。

「いま、どこ？　リビングじゃないの？」

「あ、うん。もう、自分の部屋」

壁《かべ》の時計を見ると、十一時を少し過ぎたところだった。

「なんかきょうは、ちょっと眠《ねむ》くて」

「そうなんだ」

希子もそろそろ、あしたの準備をして寝《ね》る支度《したく》をする時間だ。

「じゃあ、またあした、お店で」

希子がそう言うと、亜吉良は、すぐに返事をしなかった。

「三田くん？」

「あ、うん。また、あした」

なにか言おうとしたのかな？　と思った。

「ねえ、三田く……」

呼びかけたときには、亜吉良はもう、通話を終えてしまったあとだった。眠《ねむ》い、と言っていたから、それでちょっと返事が遅《おく》れたのかな、と思う。希子は、ケータイを充電《じゅうでん》コードにつなぎ直すと、机の上に広げたままにしてあった参考書やノートを片づけはじめた。図書館通いをしていたときと、勉強の量をあまり変えたくない、という思いが、いまの希子にはある。だから、夕食を終えたあと、入浴以外の時間はほとんど、机に向かって過ごした。

浪人《ろうにん》せず、第一志望の国立大学に合格すること。

この夏休みのあいだに自然と希子が見つけた、かなえたい目標のひとつだった。

自分の席に座《すわ》ったまま、お弁当の包みを広げようとしていた希子の目の前に、ひとりの男子生徒が現れた。

包みをほどく手を止めて、顔を上げる。

「……佐多くん」

「お弁当、いっしょに食べない？」

そう言って佐多くんは、廊下《ろうか》を指さした。

教室の外で、ということらしい。

きのう、はじめてちゃんとしゃべったばかりだというのに、佐多くんはそうするのが当然のことのように、あっけらかんと誘《さそ》ってきた。

「わたしはいいけど……」

佐多くんがいつもいっしょに食べてる人がいやがるんじゃないかと思った。

「マス子、ちょっときて」

佐多くんが、廊下にいるらしいだれかに呼びかけた。

出入り口の戸の向こうから、つやつやの黒髪《くろかみ》を前髪《まえがみ》なしのスーパーロングにした女の子が、けだるげに顔をのぞかせる。

「あれ、マス子。友だち。一組だけど」

マス子、と佐多くんが呼んだその女の子は、希子と目が合うと、小さくおじぎをした。つやつやの黒髪《くろかみ》が、制服の胸の上で、さらさらと揺《ゆ》れる。切れ長ですっきりとした目もとが、妙《みょう》に色っぽい。あわてて希子も、ぺこ、と頭を下げた。

「オレ、昼はいつも、マス子といっしょだから」

佐多くんが、別のクラスの、しかも女子とお昼を食べているというのは、ちょっと意外だった。

きのうの《死神うどんカフェ1号店》での会話をきっかけに、希子は、教室にいるときの佐多くんを意識して観察するようになっていた。

休み時間になると、佐多くんは決まって、着くずした制服すがたの男子たち数人と、仲よさそうにおしゃべりをしている。それ以外のことをしているところは、いまのところ見かけていない。

彼女《かのじょ》なのかな、とは思わなかった。佐多くんの態度にそういった気配がまるでなかったことと、希子の中に、佐多くんへのある疑いがあったからだ。

「いこ、屋上」

断られることなど考えてもいない顔で、佐多くんがせかしてくる。

希子は、ほどきかけていたお弁当の包みをもとにもどすと、戸惑《とまど》いながらも立ち上がった。

出入り自由の屋上には、輪になってお弁当を広げているグループが、四方八方に点在していた。

高校入学以来、昼休みの屋上に上がったことのなかった希子は、中学時代にはよく目にした光景にちょっとなつかしい気持ちになりながら、前をいく佐多くんと〈マス子〉のあとにつづいていた。ふたりの会話を、聞くともなしに聞く。

「え、マジ？　佐多、見たんだ。旧式のデボネア」

「オリジナルカラーに塗《ぬ》り直《なお》したやつだったけどね」

「色はしょうがないよ。で、どこで見た？」

「伊勢丹《いせたん》の前」

「新宿《しんじゅく》かー。いかないとこだな」

「前から不思議だったんだけどさ、なんでマス子って、新宿きらいなの？」

「ちっちゃいころから、新宿はこわいところだって親とおじいちゃんに言われて育ったから」

「いつの時代の話だよ。新宿、こわくねーよ。伊勢丹があるんだよ？　夢の街じゃん、新宿！」

「はあー、いーなー、デボネア。見たかったなー」

ふたりは、かなり仲がいいようだった。

希子にはなんのことなのかよくわからないデボネアというものの話題で、やたらと盛り上がっている。

盛り上がっている、とはいっても、〈マス子〉のしゃべり方がやたらとゆっくりでけだるげなので、内容をよく聞いていないと、盛り上がってしゃべっているようには見えないかもしれない。

髪型《かみがた》といい、けだるげなしゃべり方といい、なんとなく、バブルの時代のドラマに出てきそうな人だな、と思ったりもする。

「ここでいいか」

佐多くんが、校庭側に面したフェンスを背にして腰《こし》をおろした。〈マス子〉は、少し離《はな》れたお向かいに座《すわ》ったので、希子は少し迷ってから、ふたりとは三角形になる位置に座った。

「マス子、自己紹介《じこしょうかい》して」

佐多くんが、購買《こうばい》で買ってきたらしいサンドイッチの袋《ふくろ》を開けながら、〈マス子〉にそうながした。

「あ、増田《ますだ》です」

「えっ……増田さん、ですか」

てっきり、益子《ますこ》か増子《ますこ》のどちらかの書き方をする名字だと思いこんでいた。

言われてみれば、佐多くんの呼ぶ〈マス子〉は、イントネーションがちょっとおかしかった気もする。

「オレたち、小学校からのつきあいなんだけど、同じクラスに増田がふたりいてさ、もうひとりは男だったから、男子のあいだでは、女の増田は自然とマス子って呼ぶようになって。で、いまだにマス子って呼んでんの」

下の名前は、絵摩《えま》というらしい。

「名前に〈子〉のついてない女子のほうが多いのに、いまだに女だと〈子〉のついてる名前のほうがメジャーなのって、なんなんだろうね」

そう言って佐多くんは、ひゃっひゃっひゃっと笑った。ちょっとくせのある笑い方だ。

幼なじみと聞いて、ふたりの仲のよさにも、なるほど、と腑《ふ》に落ちる。

マス子こと増田さんが急に、希子に向かって、はい、と右手を挙げてみせた。

「ちょっと質問していい？」

「えっ？　あ、はい」

「林田さんのおじいちゃんって、車、なにに乗ってる？」

「車ですか？」

「うん、車」

「母方の祖父はもう亡《な》くなってるんだけど、父方の祖父は、すごく古い車に乗ってるかな、たしか」

「マジで？　わー、やったー、きたでしょ、これ」

わー、とか、やったー、とか言っているわりに、表情はそれほど変わってはいないのだけど、なにやら増田さんは興奮し出しているようだった。

いまの答えのどこに、増田さんのスイッチを押《お》すものがあったのか、希子にはさっぱりわからない。

「車種は、わかんない？」

「車種……うーん、たしか、梨《なし》みたいな名前だったような……」

「なし？　なしって、果物の梨？」

「はい、その梨です」

「梨《なし》みたいな名前の車ァ？　もしかして、外車？」

「いえ、日本の車です。トヨタだったかと」

「トヨタ？　トヨタで梨みたいな名前……あーっ、わかった。センチュリーだ。センチュリーでしょ、林田さん」

「それです、センチュリー！」

「なるほどなるほど、センチュリーから〈世紀〉にいって、梨の二十世紀《にじっせいき》にいったわけだ」

増田さんが、うれしそうに笑っている。

笑っていないと、ちょっと不機嫌《ふきげん》そうにも見えていたのだけれど、笑うととても、かわいらしい。

もしかして、とふと気づく。

「デボネアって……」

佐多くんが、そうそう、とうなずく。

「それも車の名前。マス子、ちょっとやばいくらいの車オタクなんだよね。しかも、国産の旧車限定の」

「国産の旧車……限定」

それは、なんというか、ずいぶんとまたせまいところに入りこんだ趣味《しゅみ》なのでは……と思っていると、増田さんから怒濤《どとう》の質問攻撃《こうげき》がはじまった。

製造年はわかるか、にはじまり、写メは撮《と》っていないのか、色はなにか、内装に手は加えているのかいないのか、次の車検は通りそうか、など、希子にはとても答えられないようなことばかり、立てつづけにきかれた。

「ちょっと、マス子。がっつきすぎ。林田さん、おびえてるから」

「そんながっついてた？　ごめんね、林田さん。おびえさせて」

長い髪《かみ》をかきあげながら、増田さんが、ぺこ、と頭を下げてくる。希子はあわてて、「おびえてないです、だいじょうぶです」と言った。

「自分、車の話になると歯止めがきかないんだよね。もうやめてって思ったら、遠慮《えんりょ》なく言っていいからね？」

増田さんは、自分のことを自分って言うのか、なんだか体育会系の男子みたいだな、と思いながら、希子は、こくこく、とうなずいた。

佐多くんが、いつのまにか二個目のパンに手をつけていた。大ぶりな菓子《かし》パンにかじりつきながら、「メグシー先輩《せんぱい》、いまなにしてんのかなー」と言ってため息をつく。

「昼休みだから、お弁当食べてるでしょ、そりゃ」

増田さんが、まっとうにつっこむ。

「わかんないじゃん。もう食べ終わって、トイレで髪型《かみがた》直してるかもしれないじゃん」

「そんなに気になるなら、見にいってくれば」

「やだよ、三年の階にいくと目立つじゃん」

「だって佐多、先輩《せんぱい》とつきあいたいんだよね？　いまのまんまじゃ、ぜったいにつきあえないと思うんだけど」

え？　と思わず、佐多くんの顔を見てしまった。

つきあいたい？

佐多くんが、そういう目で目黒先輩を見ているとは思ってもみなかった。

てっきり佐多くんもファッションに興味がある人だから、目黒先輩に憧《あこが》れているんだろうな、と思いこんでいたからだ。

それどころか、もしかすると佐多くんは女の子になりたい人で、自分がなりたい理想の女の子が目黒先輩なのかもしれない、とすら思っていた。

それというのも、佐多くんの私服すがたを見たことがある、という目黒先輩が、すごくかわいかった、というようなことを言っていたからだ。そのせいで、もしかして佐多くん、女の子のかっこうでもしてたのかな？　と思ってしまっていたのだ。

そんなこともあって、最初に増田さんを紹介《しょうかい》されたときも、彼女《かのじょ》なのかな、とは思わなかったのだった。

よくよく考えてみれば、目黒先輩《せんぱい》は人体模型を見ても、かわいい、と言う人だった。

そういえば、《死神うどんカフェ1号店》で佐多くんは、ペンギン型の醬油入《しょうゆい》れを、かわいい、と言ってうっとりと眺《なが》めたりもしていたな、と思い出す。

佐多くんはただ単に、かわいいものが好きな人なのかもしれない。

希子の視線に気づいたらしい佐多くんが、むっとしたようにくちびるをとがらせている。

「なに？　つきあえるわけないじゃんって思ってる？」

はじまった、と思った。

卑屈《ひくつ》モード全開だ。

すかさず希子は、注意した。

「そういうの、よくないよって言ったよね」

佐多くんは、はっとしたような顔をしている。

「いや、だって……林田さん、オレのことじっと見てたからさ」

「わたしはただ、佐多くんが目黒先輩《せんぱい》のこと、恋愛《れんあい》対象として見てたのが意外だなって思ってただけだよ」

「そうなの？　ふうん……。まあ、たしかに最初は、先輩のあのセンスにしびれたのがきっかけではあるけどさ、オレ、ふつうに先輩のこと、彼女《かのじょ》にしたいって思ってるよ」

そんなこと、自分なんかに正直に話してしまっていいんだろうか、と思う。

そういうことは、本当に親しい人にだけそっと打ち明けることなのでは？　と。

「だってさー、かわいいじゃん、先輩。もう、マジで大好き！　ぎゅっとしたい！　手つないでデートしまくりたい！」

増田さんが、ニヤニヤしながら言う。

「わかるよ、佐多。自分もさ、ハコスカのこと考えると、あー、自分の手で洗車してみたい、ハンドルにほおずりしたい、がら空きの高速を、思う存分、走らせてやりたいって思うもん」

「だからー、なんでマス子はなんでも車の話に持っていこうとすんだよ！　メグシー先輩とハコスカいっしょにすんな！」

「はー、早く十八歳《さい》になんないかなー、免許《めんきょ》取りたいなー」

佐多くんと増田さんが、小学生のころから変わらず仲よくできている理由が、わかったような気がした。

自分が好きなものを、まったく隠《かく》す気がない、という点で、ふたりはよく似ているのかもしれない。

希子は、久しぶりに見上げる屋上からの空に、そっと目を細めた。

雲は多いけれど、よく晴れた青い空が、なににさえぎられることもなく、どこまでも広がっていた。

3

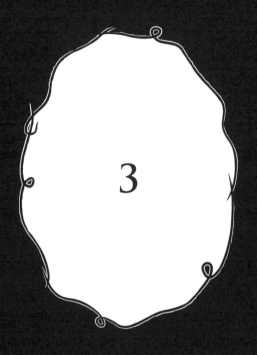

つやつやのうどんの上に、オレンジに近い色の、まるっとした黄身がのせられている。

ただ、それだけのもの。

その上にさっと醤油《しょうゆ》を回し入れて、あとはかき混ぜて食べるだけなのに、どうしてこんなにおいしいんだろう――。

希子《きこ》が《死神うどんカフェ1号店》のかまたまを食べるたびに、決まって思うことだ。

「希子がかまたま食べたの、久しぶりじゃない？」

調理スペースの向こうから、一淋《いちりん》が話しかけてくる。

「学校がはじまってからは、はじめてかもしれないですね」

限りのあるおこづかいとのかねあいもあって、かまたまもカフェオレも、来店するたびに注文しているわけではない。

特にかまたまは、夕方に食べてしまうと夕食が入らなくなってしまう心配もある。だから、ふだんはお冷だけを出してもらっていた。

シンクの前から冷蔵庫があるほうに移動していきながら、一淋が、ふと思い出した、というように、あしたってさー、と話し出す。

「うちの店、定休日じゃん？　先輩《せんぱい》が、奥多摩《おくたま》にあるうどんの名店に車でいくって言ってるから、オレと深海《ふかみ》もつれてってもらうことにしたんだけどさー」

「いいですね、楽しそう」

「でしょ？　なのに、みーたはいかないって」

「そうなんですか？」

「月太朗《つきたろう》もつれてくのにだよ？」

「月太朗くんも……」

「なんかしたいことでもあるならしょうがないけど、そういうわけでもなさそうだし」

希子は、つきあたりに洗面所がある廊下《ろうか》へと顔を向けた。

その廊下の入ってすぐ右手には、九嵐《くらん》がうどんを打つための台があったり、小麦粉の袋《ふくろ》を保管しておく棚《たな》が設けられたりしている作業室がある。

営業中の月太朗はたいていその作業室にいて、九嵐たちが入《い》れ替《か》わり立ち替わり様子を見にいっては、遊び相手になったり、食事の世話をしたりしている。

店内を見回すと、一淋のほかには、ぐつぐつと煮立《にた》っている釜《かま》の前にいる九嵐のすがたしかない。お客さんも、窓際《まどぎわ》の席にふたりと、フロア中央の大テーブルにひとり客が二組だけ、とすいている。

「三田《みた》くんと深海さんは?」

「深海はおつかいにいってて、みーたは作業室。月太朗と遊んでやってると思う」

様子が気になってきた。

「ちょっと作業室をのぞいてきますね」

席を立った希子は、廊下《ろうか》に入ってすぐのところにある作業室の前までいくと、軽く戸をノックした。

「どうぞ」

戸を開けると、少し前に運びこまれたばかりのふたりがけのソファに、亜吉良《あきら》がひとりで座《すわ》っていた。

月太朗は、ソファの側面に身を隠《かく》すようにしながら、ひょこっと顔だけのぞかせている。

「なんだ、希子か」

戸を開けたのが希子だとわかると、月太朗はちょこちょことソファの奥《おく》から出てきた。

「月太朗くん、あした、みんなで奥多摩いくんだってね」

「ああ、いくぞ。希子もいくか?」

「わたしは学校があるから」

「そうか。そうだったな」

月太朗、という名前が、月太朗の本当の名前ではなく、人間だったころに大切にしていたぬいぐるみの名前だったことを、希子はつい最近、知った。

人間だったころの名前を、知ろうとは思わない。月太朗は、月太朗だ。

「三田くんは、いかないの？」

意味なく、ぺしぺしとすねをたたいてじゃれはじめた月太朗を、やんわりと蹴《け》り返《かえ》したりして相手をしてやっていた亜吉良が、オレ？　というように顔を上げる。

「一淋さんも深海さんもいくんでしょ？」

「そうみたい」

「三田くんもいけばいいのに」

「うーん、なんかあしたはちょっと、うちでのんびりしたいかなって思って」

「そうなの？」

「先週はずっと店に出てて、休んでなかったし」

「そっか」

言われてみれば、先週、亜吉良はずっとお店にいた。定休日くらいは、体を休めたいのかもしれないな、と思う。

そう思う一方で、少しだけ、胸がざわついてもいた。

もしかして、三田くんは体調が悪いんじゃないのかな……。

「ねえ、三田くん」

「なに？」

「体調が悪い……とかじゃないよね？」

「体調って、オレの？」

「せっかくのお休みなのに、みんなと別行動してまで寮《りょう》にいたがるのは、ちょっと珍《めずら》しい気がして」

「あー……そうか。いや、体調が悪いとか、そういうんじゃないよ」

「ホントに？」

「ホントに」

そこまで言うなら、うそではないのかな、とちょっとほっとする。

加えて、希子なりに亜吉良の本音を想像してみた。お店でも寮でも、亜吉良はずっと九嵐たちといっしょだ。たまにはひとりになりたい、と思ってもおかしくはないのかもしれない。

「軟弱《なんじゃく》なやつだ」

そう言って月太朗が、今度はソファのへりをぺしぺしとたたいた。どうやらそれが、自分をソファの上にのせてくれ、という合図らしい。亜吉良はすぐに月太朗を抱《かか》え上《あ》げて、ソファの上にのせてやった。

「おまえだって、ちょっと前まで寝《ね》こんでただろ」

「ぼくはしょうがない。まだ子どもだからな」

「すぐいいわけする」

「いいわけじゃないぞ！　ぼくが子どもなのは、本当のことだからな！」

仲よく言い合っているのが、なんともほほえましい。

月太朗くん、楽しそう……。

ずっと見ていたい、と思ってしまうけれど、そういうわけにもいかない。

ふたりのじゃまをしないよう、希子はそっと、作業室をあとにした。


ああ、そうだ、とそれを思いついたのは、夕食後、お風呂《ふろ》に入っているときだった。

いつだったか、亜吉良とこんな会話をしたことがある。

『三田くんって、甘《あま》いもの好きじゃなさそうだね』

『そんなことないよ』

『ケーキとか、食べる?』

『うーん、ケーキはそんなに……どちらかというと、和のほうが』

『わ?』

『たいやきとか』

『あー、あんこ!』

『うん。たいやきは、相当、好きなほうだと思う』

『へー、意外』

希子が通っている高校の近くに、人ひとり入るのがやっと、という狭小《きょうしょう》スペースで営業しているたいやき屋さんがある。人のよさそうなおじいさんが、ひとりでやっているテイクアウト専門のお店だ。

「三田くん、食べにこないかな……」

湯船の上でのひとりごとには、エコーがつく。口に出してつぶやいてみたら、それはとてもいい思いつきのように思えてきた。

学校帰りに校門の前で待ち合わせをして、たいやきを食べにいく——。

自分たちにとって、それはかなり新鮮《しんせん》な行動になるはずだ。

希子はさっそく、メールの文面を考えはじめた。

【うちの学校の近くに、おいしそうなたいやき屋さんがあるんだけど、次のお休みの日にでも、食べにきてみない?】

お風呂《ふろ》から出てすぐ送信すると、二分ほどして届いたのは、【それってあしたでもいいの?】という、じつにさっぱりとした返信だった。


教室の移動のため、別棟《べつむね》への渡《わた》り廊下《ろうか》をひとりで歩いていた希子は、きーちゃん、きーちゃん、とだれかがだれかをしきりに呼んでいるな、と思いながら、なんの気なしにうしろを振《ふ》り返《かえ》った。

すると、そこにいたのはあの増田《ますだ》さんで、希子と目が合うなり、にこ、と目を細めるのだった。

「やっと気がついた」

えっ？　と思う。

もしかして、きーちゃん、と呼ばれていたのは、自分だったのだろうか、と。

「次の授業、なに？」

「次は……えっと、あ、調理実習だ」

増田さんからの、突然《とつぜん》の〈きーちゃん呼び〉に気を取られて、すぐに出てこなかった。

そんな希子を、増田さんが笑う。

「いき先、忘れちゃだめじゃーん」

つられて希子も笑ってしまう。

けだるげな増田さんの、ゆっくりな話し方がやけに心地《ここち》いい。

「きょうもお昼、いっしょに食べよーね」

そう言い残すと、増田さんはひらひらと手を振《ふ》りながら、希子に背中を向けて歩いていってしまった。

見かけたから話しかけただけで、特に用事はなかったようだ。

なんだか体がふわふわする、と思いながら、希子は調理室へと向かった。

調理室の戸を開けると、入ってすぐのところにあるテーブルに、佐多《さた》くんがいた。休み時間になると、決まってつれだっている男子たちもいっしょだ。

希子がすぐそばを通りかかったとき、佐多くんがちらっと視線を向けてきた。目が合うと、ちょっとおどけたような顔をしてみせる。

どうリアクションしていいかわからない希子は、軽く会釈《えしゃく》を返すだけだ。

自分の存在に気づいたら、ただそれだけで、声をかけてくれたり、なにかしら合図を送ってくれるだれかがいる——。

気づかないうちに冷えきっていた肩《かた》に、肌《はだ》ざわりのいい毛布をかけてもらったようだった。

口もとが、ついゆるみそうになる。

せきをするふりをしながら、希子はこっそり、ゆるみかけた口もとを引きしめ直した。


部活に向かう者、教室に残っておしゃべりをつづける者、さっさと下校を急ぐ者。

息を吹《ふ》き返《かえ》したようになっている放課後の教室を、希子は、足早に立ち去ろうとしていた。

そんな希子を、佐多くんが呼び止める。

「ねえねえ、林田《はやしだ》さん。きょうさ、マス子のバイト先、遊びにいかない?」

戸口をまたぎかけていたところだったので、廊下《ろうか》に出てしまってから、追いかけてきていた佐多くんと向かい合う。

「増田さんの?」

「お昼いっしょに食べてたとき、言ってたじゃん。親戚《しんせき》のおばさんがはじめたカフェでバイトすることになったって」

「うん、言ってた」

「いきなりいって、驚《おどろ》かせてやろうと思って。林田さんもいっしょにいこうよ」

「きょうじゃなかったらいいんだけど」

「きょうはなんかあるんだ?」

「友だちと、待ち合わせしてるの」

「どこで?」

「どこ……って、待ち合わせの場所?」

「そう。もし、近くで待ち合わせしてるんだったら、その友だちもいっしょにつれていったらいいじゃんって思って」

「あー……でも、たいやき食べにいく約束してるから」

「たいやきって、もしかして《さくらい堂》？」

「あ、うん、そう」

「あそこ、おいしいもんね」

「わたし、まだ食べたことないんだ」

「え、そうなの？　じゃあ、食べたほうがいいよ、ぜったい」

立ち話が長くなってしまった。

「佐多くん、わたし、そろそろいかないと、時間が……」

亜吉良に伝えた待ち合わせの時間まで、あと一分もない。

「あ、ごめん。歩きながら話せばよかった」

そう言って、佐多くんが先に歩き出す。途中《とちゅう》までいっしょにいくつもりらしい。

「じゃあ、きょうはメグシー先輩《せんぱい》とはいっしょに帰らないんだ？」

うん、とうなずいたところで、はたと気づく。もしかして、佐多くんは目黒《めぐろ》先輩もいっしょに誘《さそ》うつもりだったのではないだろうか、と。

あわててそう言うと、佐多くんは、「ちょっと、もーっ」と怒《おこ》り出《だ》した。

「だからー、オレのことは先輩《せんぱい》に言っちゃだめだって言ったじゃーん」

「え、あの、まだ言ってない……」

「言ってないの？　だったらいいけどさー、オレ、そういうのだめなんだよねー。まわりからお膳立《ぜんだ》てされて、そのうち告白してくるんだろうなって相手に悟《さと》られた状態になるの」

「そ、そうなんだ……」

どうやら佐多くんは本当に、目黒先輩のことで希子を足がかりにする気はないようだ。佐多くんなりの恋愛《れんあい》の仕方があるんだな、と思う。

話しながら歩いているうちに、げた箱の前まできていた。

「佐多くん、わたし、急ぐから先にいくね」

希子はあたふたと上ばきから革靴《かわぐつ》にはき替《か》えると、佐多くんの返事も待たずに走り出した。大勢の生徒たちが、同じ方向に向かってゆるやかに流れていく中を、一目散に校門へ向かって走る。

校門を出てすぐ目の前にあるガードレールに、亜吉良が腰《こし》かけていた。七分袖《しちぶそで》のグレーのカットソーに、細身の黒いパンツを合わせている。足もとは、いつものコンバースだ。

顔を横に向けていた亜吉良は、希子があらわれたことに、まだ気がついていないようだった。

「三田くん」

希子が声をかけると、その顔が、ぱっと正面を向いた。軽く会釈《えしゃく》をしてから、ガードレールをおりて希子に近づいてくる。

「なんだか降ってきそうだね」

そう言って、亜吉良は空を見上げた。

つられて見上げると、ぎょっとするほど曇《くも》っている。お昼ごろまでは、真っ青に晴《は》れ渡《わた》っていたはずだ。

「ホントだ。急に曇ったね」

校門から出てきた女の子ばかりのグループが、ちらちらと希子たちのほうを見ながら通りすぎていく。制服の希子と、私服の亜吉良がいっしょにいると、目立つのかもしれない。

「いこうか」

希子にうながされるまま、歩き出そうとしていた亜吉良が、ふ、と足を止める。その顔は、校門のほうに向けられていた。

「あれってさ」

そう言って、希子になにかを気づかせるように大きく視線を動かす。

視線の先にいたのは、佐多くんだった。小走りに校門を出てこようとしている。

「なんで先にいっちゃうの、林田さん」

なんでと言われても、と思う。

佐多くんにはちゃんと、きょうは友だちと約束がある、と伝えたはずだ。

駆《か》け寄《よ》ってきた佐多くんが、亜吉良に気がついて、お、という顔をした。

「こないだは、どうも」

佐多くんのほうからそうあいさつをすると、亜吉良はやっぱり、小さく会釈《えしゃく》をした。

佐多くんが、希子に向かって言う。

「彼氏《かれし》だったんだ」

「ちがうよ」

「ちがうの?」

「うん」

佐多くんが驚《おどろ》いている。

「へー、ちがうんだ」

佐多くんが、まじまじと亜吉良を観察している。その視線に気づいていながら、亜吉良はそっぽを向いていた。

「じゃあ、佐多くん、わたしたち、もういくから」

「あ、うん……っていうか、たいやき食べてからでもいいからさ、やっぱりいっしょにいかない？　マス子のとこ」

「三田くんもいっしょにってこと？」

「そうそう」

希子は、亜吉良の様子をうかがった。

いつものひょうひょうとした横顔からは、なにを思っているのか読み取ることはできない。

「あのね、三田くん、佐多くんの幼なじみの女の子が、カフェでバイトをはじめたんだけど、そのお店にいっしょにいかないかって言われてて……」

「うん」

「三田くんもいっしょにどうかな？」

「オレは……ちょっと」

そうだよね、と希子は思った。

三田くんにとって、増田さんはまったくなんの接点もない人だもの……。

希子たちのやり取りを横で聞いていた佐多くんが、「わかった、じゃあ、きょうはあきらめる」と言って、ぴょこんと一歩、うしろに下がった。

「マス子のバイト先は、またの機会にってことで」

ばいばい、と佐多くんが手を振《ふ》ったので、希子も、ばいばい、と手を振り返す。亜吉良はやっぱり、会釈《えしゃく》をするだけだ。

そんな亜吉良に向かって、佐多くんはわざわざ名前を呼びながら、再度、手を振った。

「三田くんも、ばいばい」

名前は、希子が呼ぶのを聞いていて覚えてしまったのだろう。

それでも亜吉良は手を振り返すことはしない。かたくなに、会釈をくり返すだけだ。

希子は思わず、吹《ふ》き出《だ》しそうになる。

ふたりのタイプが、まるでちがうことがおかしかったのだ。

「林田さん、急ごう。降ってきそうだ」

「あ、うん」

急いで、目的のたいやき屋さんへと向かう。

バス停に向かう途中《とちゅう》、大通りから横道に入ったところに、そのお店はある。

「すみません、つぶあんのたいやき、ふたつお願いします」

「はい、ふたつね」

ジャージすがたのおじいさんが、ひとつずつ白い紙の袋《ふくろ》に入れたたいやきを、手際《てぎわ》よく渡《わた》してくれる。

それぞれに料金を払《はら》い、歩き出す。

わざわざ紙の袋からいったん取り出して、しっぽのほうからかじりついた希子に、亜吉良が、「あれっ」と小さく声を上げる。

「林田さん、しっぽから食べる人なんだ」

「三田くんは頭から？」

「うん」

たいやきの食べ方ひとつをとっても、おたがい、まだまだ知らないことがあるんだな、と思った。

中学時代の希子と亜吉良には、クラスが同じだったにもかかわらず、ほとんど接点がなかった。はじめてちゃんと話をするようになったのは、半死人《はんしにん》として、亜吉良が半分だけ生き返ってからだ。

ふたりで話したことがある。

中学時代の自分たちからすれば、肩《かた》をならべて歩くことすら、考えられないようなことだったよね、と。

これからはどんどん、中学時代の自分たちだったら考えられなかったようなことを、していきたいね、と。

放課後、たいやきを食べながらいっしょに帰る――。

これもまた、なんの接点もなかったころの自分たちだったら、ぜったいにありえなかったことのひとつだ。

希子のほっぺたを、かすかな雨粒《あまつぶ》の感触《かんしょく》がかすっていった。

「いま、ぽつっときたかも」

「くるかな」

「くるかも」

希子と亜吉良は足を速めて、バス停へと急いだ。

たいやきは、もうすっかり食べ終わっている。おいしかった。

バス停には、先に待っている人のすがたはなかった。いったばかりなのかもしれない。この時間帯なら、ほぼ七、八分置きにくるので、いったばかりでも、次のバスまでそう待つことはないはずだった。

　雨はまだ、降ってこない。

「バスがくるまで、もつといいね」

　希子がそう言うと、亜吉良は、うん、とも答えず、目の前をいき交《か》う車をぼーっと眺《なが》めたままだった。

「三田くん？」

　あらためて呼びかけても、返事がない。

　三田くん、とさらに呼びかけながら、今度はグレーのカットソーのひじを、ちょん、とつついた。

「あ、なに？」

　やっと気づいて、顔を横に向けてきた。

「返事、なかったから」

「ごめん、ぼーっとしてた」

　三田くんがこんなにぼーっとしてるのは珍《めずら》しいな、と思いながら、希子は、たいやきの感想をたずねてみた。

「おいしかった？　たいやき」

「うん、食べにきた甲斐《かい》があった」

「よかった」

希子たちのうしろに、ふたり、人がならんだところでバスがきた。

希子はいつものパスケースをかざして乗り、亜吉良は、小銭《こぜに》を入れて乗車する。

それを見て、ああ、そうか、と希子は思った。めったに電車やバスに乗らないから、ＩＣカードを持っていないのか、と。

少し、ぎくりとなった。亜吉良が半死人として生きている証明のようなものを、いきなり目の前に出されたような気がしたからだ。

いつも以上に、車内はすいていた。いっしょに乗りこんできた人たちのほかには、ひとりがけの席に主婦らしき人がひとりと、優先席にならんで腰《こし》かけているお年寄りがふたり。乗客は、それだけだ。

希子たちは、いちばんうしろの、横に長いシートのはしっこに、ならんで座《すわ》った。

希子は、ここ数日のことを思い出してみた。なんとなく感じてはいた亜吉良の変化を、あらためてなぞってみる。

なんでもないよ、とくり返し本人が言うから、だったらそうなのかな、と思ってしまっていたけれど……。

あれは、うそだ。

いま、はっきりと確信した。

――三田くんは、うそをついている。

「……わたし、そんなにたよりないかな」

ぼそ、とつぶやくように言った希子に、亜吉良が、「え?」と首をかしげながら顔をのぞきこんでくる。

「うそをつかなくちゃいけないくらい、気持ちの弱い人だと思われてる?」

亜吉良が、気まずそうに顔をうつむかせた。希子がなにを言っているのか、すぐに思い当たったのだろう。

シートの背もたれに深く背中を沈《しず》めながら、亜吉良が、はあ、と大きくため息をつく。

「九嵐さんが言ってたの、思い出した。林田さんは、勘《かん》がいいって」

たしかに、月太朗の話をしていたときに、そんなようなことを言われた記憶《きおく》はあった。

観念したように、亜吉良が話し出す。

「体調は悪くないよ、本当に。それは、うそじゃないんだけど……」

亜吉良は、窓際《まどぎわ》にいる希子のほうは見ないで、車内に視線を投げたままでいる。

バスが、ゆっくりと停車した。

もともと少なかった乗客がさらに減り、代わりに乗りこんでくる人もいない。さらにすいた車内を気にしたのか、亜吉良は、ささやくように言った。

「うまく話せるかな、オレ……」

どきっとした。

自分で望んだくせに、なにを言われるんだろう、と怖《お》じ気《け》づいたのだ。

希子は、自分で自分を奮い立たせるように、ひざの上で軽くにぎっていたこぶしに、ぎゅっと力を入れた。

そんな希子の緊張《きんちょう》に気づいているのかいないのか、亜吉良は、思いがけないことを言ってきた。

「林田さん、不老不死になりたいって思ったことない？」

「えっ？　不老不死？」

「そう。永遠に死なないし、年も取らないってやつ」

「死ぬのが無性《むしょう》にこわいって思ってたころ、ちょっと考えてたかも」

「なりたいって？」

「うん」

「やっぱり、子どものころってだれでも一度は考えるよね。オレも、考えてた。不老不死になる方法があるんなら、オレもぜったいに不老不死になろうって」

どうして急に、不老不死の話に？　と不思議に思っていると、ずっと正面を向いていた亜吉良の顔が、ふ、と希子のほうを向いた。

目が合う。亜吉良は、ちょっと照れたように笑った。

「なんで急に不老不死の話？　って感じだよね」

「あ、ううん」

顔に出ていただろうか、とちょっとあわててしまう。

そんな希子の顔をじっと見つめたまま、亜吉良は言った。

「なんかオレ、それになっちゃってるらしくて」

それになっちゃってるらしい？

すぐには意味がのみこめず、無言のまま亜吉良と見つめ合った。

「……それっていうのは、えっと、不老不死のこと？」

「そう、不老不死のこと」

「三田くんが？　三田くんが、不老不死になっちゃったの？」

「なっちゃったっていうか、九嵐さんがオレに〈肉貸《にくか》し〉をして、オレが半死人として生きはじめたときから、もう不老不死になってたみたい」

いまの亜吉良は、〈肉貸し〉という力を使って作った仮の体の中に、魂《たましい》だけが入れられている状態だ。

よくよく考えてみれば、その状態を九嵐が終わらせない限り、亜吉良はいまのままでいられるのだろうから、それはある意味、不老不死と言い換《か》えることができるのかもしれない――。

そのことに、希子はいま、たったいま、気がついた。

もしかすると、亜吉良もつい最近まで、気づいていなかったのかもしれない。

「……九嵐さんに、言われたの？　いまの三田くんは、不老不死と同じ状態だって」

「いや、オレからきいたんだ。オレは、いつまでこのままの状態でいられるんですかって」

「そしたら、九嵐さんが……」

「オレが望む限り、いつまでも、そのままでいられるって」

それはつまり、どういうことになるんだろう、と希子は思った。

亜吉良が、いまの状態のまま生きつづけるということは――。

あっ、と声を上げげそうになった希子に、亜吉良がそっとうなずいてみせる。

「うん……つまり、そういうこと。病室にいるオレも、ずっとあのままだってこと。永遠に死なないで、眠《ねむ》りつづけるってことになるみたい」

心臓が、ばくばくと暴れ出しているのがわかる。

「漠然《ばくぜん》と、考えたりはしてたんだけどね。オレ、このままでいてもいいのかなって」

希子も、そうだ。

漠然とは、考えていた。逆にいえば、漠然としか、考えていなかったということだ。

「とりあえず、気がすむまではこのままでいようかなって、けっこう簡単に考えちゃってたんだけど、九嵐さんから、ちょっといろいろくわしい話聞いたら、そうもいかないのかってなって」

「くわしい……話」

車窓を、ぽつ、と雨粒《あまつぶ》がたたいた。

ゆっくりと、顔を横に向ける。糸のように細い雨が、曇《くも》った空から落ちはじめていた。

「降ってきたね」

視線をもどすと、亜吉良も顔を窓に向けていた。

「うん……降ってきた」

しばらく無言で車窓の向こうの雨を眺《なが》めたあと、亜吉良がふたたび、口を開いた。

「月太朗の話って、林田さんも聞いたんだよね？」

「月太朗くんの話？」

「もどせる予定がなかったから、月太朗の希望どおり、ペンギンの中に魂《たましい》を入れたって話とか」

「あ、うん、それは」

聞いた、と希子がうなずくと、亜吉良はそのまま、話をつづけた。

「要するに、魂ってくせがつきやすいってことらしいんだけど、オレの場合はもどれる本体があったから、九嵐さんはわざわざオレにそっくりな体を作って、そこに入れてくれたんだよね。でも、そこまでしてもやっぱり、あんまり長く仮の体に魂が入ったままだと、くせはついちゃうんだって」

「くせがついちゃうと、どうなるの？」

「本体にもどったとき、その体に魂がなじむのにものすごくエネルギーを使うから、本来の寿《じゅ》命《みょう》を縮めるみたい」

寿命《じゅみょう》を——縮める。

いままでまったく考えてもみなかった、〈肉貸し〉にともなうデメリットに関する話だった。

「どのくらい、縮んじゃうの？」

「それは、九嵐さんにもわからないって言ってた。くせがつけばつくほど、もとの体になじみにくくなって、その分、エネルギーを使ってしまうし、もともとの寿命の長さもあるからって」

「そう……なんだ」

亜吉良も言っていたけれど、希子もまた、亜吉良が〈肉貸し〉の力で半死人として生きていることを、けっこう簡単に考えてしまっていた。

半死人の亜吉良には、希子以外の人間からは三田亜吉良だと認識《にんしき》されない、という負の要素がすでにあったからだ。

それは亜吉良にとって、実の両親にも自分のことをわかってもらえない、という大きな苦悩《くのう》をもたらすものだった。

希子自身、鏡に映る亜吉良は、亜吉良であって亜吉良でない顔をしていることを知ってしまっている。それを知ってからは、もうじゅうぶん、半死人として生きることでの重荷は背負わされている、と勝手に思っていたのだ。

バスが、いくつ目かの停留所で止まった。

希子たちが降りるバス停だった。

「林田さん、降りなきゃ」

亜吉良に声をかけられても、体が動かなかった。

「林田さん！」

見かねた亜吉良が、希子の手首をぎゅっとにぎって引っ張った。手を引かれるかっこうになりながら、降車口へと向かう。

タラップを降りると、いつのまにか強くなっていた雨のただ中に降り立つことになってしまった。みるみるうちに、全身が濡《ぬ》れそぼっていく。

見慣れた景色が、雨でかすんでいる。

目の前にいる亜吉良も、かすんで見える。

希子は、しぼり出すように言った。

「……どうするの？」

次第《しだい》に強さを増している雨が、ほおを打つ。

罰《ばっ》のような雨だ、と思う。

前はあんなに病室にいる亜吉良のことばかり考えていたのに、最近は、どんどん考えなくなっていた。

目の前にいる亜吉良が、希子にとっての三田亜吉良になってしまっていたのだ。

これは、病室で眠《ねむ》りつづけたままでいる三田くんが降らせている雨だ――。

希子は、そう思った。

スピードを出したトラックが、車道を走《はし》り抜《ぬ》けていく。タイヤに踏《ふ》まれた水たまりが盛大《せいだい》なしぶきを作り、希子たちの足もとまで降りかかった。

雨に目を細めながら、亜吉良が言う。

「林田さんは、どうするのがいいと思う？」

問いかけに問いかけが返ってきて、希子は戸惑《とまど》った。

三田亜吉良は、この先どうすればいいのか。

――答えられなかった。

「……オレも、わからない」

ひとりごとのようなそのつぶやきに、希子は、はっとなった。

亜吉良の、うそいつわりのない気持ちをいま、聞いたのだと思ったからだ。

「三田くん……」

このまま半死人として生きつづければ、本体の寿命《じゅみょう》は確実に縮んでいく。

いますぐ本体に魂《たましい》をもどせば、いつ目が覚めるかもわからないベッドでの日々が、またはじまる。

どちらを選ぶにしても、亜吉良にはあきらめなければならないものが生まれてしまうということだ。

どうするのがいいのか、わからない。

亜吉良が口にしたその迷いは、そっくりそのまま、希子の心の中の嵐《あらし》だった。

死神
うどん
カフェ
1号店

4

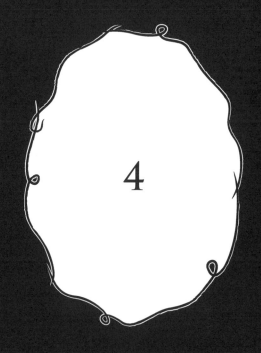

たたきつけてくる雨に濡《ぬ》れた歩道に、希子《きこ》と亜吉良《あきら》以外の人のすがたは見当たらない。

辺りは薄暗《うすぐら》く、車道をいき交《か》う車のヘッドライトがやけにまぶしかった。

「オレ次第《しだい》だってことはわかってるんだけど、どちらを選んだとしても、後悔《こうかい》するような気しかしなくて……」

亜吉良は、雨に打たれながらまっすぐに希子を見つめている。

目に入る雨にじゃまされながら、希子もまた、亜吉良を見つめつづけている。

そうしていないと、見失ってしまうような気がしたからだ。

雨にかすんで見えなくなって、それきりもう二度と、見つけられなくなってしまうかもしれない……。

すぐ目の前にいるのに、そんなことを思った。だから、目がそらせない。

「……わたしも、同じだよ。いま、三田《みた》くんから、本体にもどることにしたって言われても、このままでいることにしたって言われても、それがいいと思うって、言ってあげられない……きっと」

「うん……」

亜吉良を濡らしている雨が、そのほおからあご先へと、すじになって流れている。

それはまるで、涙《なみだ》のようにも見えて――。

「わ、なに？」

希子が突然《とつぜん》、体当たりするように体を寄せたことに、亜吉良が驚《おどろ》いている。かまわず希子は、亜吉良の頭をかき抱《いだ》いて、自分の肩《かた》に押《お》しつけるようにした。

身長差があるので、希子は目いっぱい、背伸《せの》びをしている。それでやっと、亜吉良の頭を抱《だ》き寄《よ》せることができていた。

「……林田《はやしだ》さん？」

戸惑《とまど》っている亜吉良の声が、耳のすぐ横から聞こえてきた。

「こないだね……月太朗《つきたろう》くんの話を聞いてわたしが泣いたとき、九嵐《くらん》さんがこうしてくれた」

希子は、亜吉良の頭を抱《かか》えていないほうの左手で、背中をそっとなでさすった。

泣きじゃくっている小さな子どもをなだめるように、やさしく。

「オレは泣いてないよ、林田さん……」

遠慮《えんりょ》気味な亜吉良の抗議《こうぎ》は、無視した。

亜吉良の頭をしっかりと抱き、その背中をなでつづける。

あきらめたように、亜吉良が希子に体重を預けてきた。希子の肩に額を押しつけて、おとなしくじっとしている。

「……あのね、三田くん」

「うん……」

「わたし、思ったんだけどね、いまじゃ、ないのかも」

「……どういうこと?」

「三田くんが、これからどうすればいいのかを決めるのはいまじゃないから、だから、決められないのかも……」

亜吉良は、希子の肩《かた》の上に額を押《お》しつけたまま、ふ、と短く笑ったようだった。

「なんか……林田さんがそう言うんなら、そうなのかもって思えてきた。いまじゃないから、決められないだけ……うん、そう考えると、かなり気が楽かも」

ゆっくりと、亜吉良の額が希子の肩から離《はな》れていった。顔を上げた亜吉良と、とても近い距離《きょり》で目が合う。

この距離なら、と希子は思った。

この距離なら、きっと見失わない。

ここまで近づけば、三田亜吉良は本当のことを言ってくれる。

余計な気遣《きづか》いも忘れて、うそいつわりのない自分を見せてくれるんだ……。

ぜったいに見失わない、と確信していられる距離《きょり》をしっかりとたしかめながら、希子は亜吉良に告げた。

「これからは、わたしもいっしょに考える。三田くんが、どうすればいいのか」

亜吉良は、雨が入って痛いのか、しきりに目をしばたたかせている。

「……いまだってときがきても、オレが決められずにいたら？」

「教える、ちゃんと。いまだと思うよって」

こく、と亜吉良がうなずいた。

「うん……教えて、ちゃんと」

希子も、こく、とうなずき返した。

責任重大だ。

だけど、こわいとは思わない。

いっしょに、考えるのだから。

バス停に、次のバスがやってきた。

「いこうか」

亜吉良が先に歩き出す。希子もすぐに、その横にならんだ。

雨はまだ、強く降りつづけている。

体は濡《ぬ》れて、体温も下がっているはずなのに、不思議と寒くはなかった。


カウンター席のほぼ真ん中に当たる席に、中井須磨《なかいすま》さんが腰《こし》をおろした。

希子の指定席からは、ひとつ席を置いたかっこうになる。

「きょうは、カフェオレの日？」

須磨さんにそう声をかけられて、希子は、はい、とうなずく。

須磨さんはこのお店の常連さんで、希子がことさら親しくしてもらっている人だ。

希子は勝手に、年の離《はな》れた友だちだと思っているのだけれど、須磨さんが自分をどう思っているのかは、きいたことがないのでわからない。

なにせ、五十歳《さい》以上も年が上の女性だ。

職業は、幻想《げんそう》文学作家。須磨さんの代表作を、希子はこつこつと読んでいるのだけれど、どの作品もとても難解で、読破するのにエネルギーがいる。それでも、夢中で読んでしまう魔力《まりょく》のある作品ばかりだった。

「須磨さん、髪《かみ》を切ったんですね」

須磨さんは、銀に近い白髪《はくはつ》を、前髪だけを長くしたスタイリッシュなショートヘアにしている。その前髪が、少しだけ短くなっていることに目ざとく気がついた希子に、須磨さんは、あら、と驚《おどろ》いた。

「ほんのちょっとカットしただけなのに」

「いつもよりさらにかっこよく見えたから、気がついちゃいました」

希子が正直にそう答えると、須磨さんは、ふふ、と意味ありげに笑った。

「わたしが男だったら、好きになっちゃいそう。希子さんみたいにかわいらしい女の子から、そんなふうに言われたら」

カウンター席の向こう側の調理スペースから、深海《ふかみ》が会話に加わってきた。

「ぼくも、そう思います」

須磨さんが、「でしょう?」と深海に向かってあいづちを返す。

「希子さん、深海くんのことも褒《ほ》めてあげたら?」

楽しげに笑いながら、須磨さんが希子を巻きこみはじめる。急にそんなことを言われても、と希子が口ごもっていると、なにかに納得《なっとく》したように、須磨さんは、うんうん、とうなずいた。

「うっかり好きになられちゃってもこまるよね」

すると、希子が答えるよりも先に、深海がきっぱりと断言した。

「その心配なら必要ないです。希子さんのことなら、ぼくはもう好きになってますから」

須磨さんが、ぎょっとしたように目を見開いている。

「……いいの？　こんなところで告白しちゃって」

「はい？」

なにを言われているのかわからない、という顔の深海の代わりに、希子が説明するはめになった。

「須磨さん、あの、深海さんはですね、そのー、わたしのことを、妹みたいに思ってくれていてですね……」

この人は自分のことを妹のように思ってるんです、と自分でだれかに説明するほど恥《は》ずかしいことはないんだな、と思った。ゆでられたように顔が熱い。

「あー……はいはい、そういうこと」

須磨さんは、理解してくれたようだった。

「でもね、深海くん」

「はい」

「妹みたいに思ってた女の子が、急にそう思えなくなる瞬間《しゅんかん》もあったりすると思うよ？」

深海は、心外だ、という顔で須磨さんを見ている。〈妹のような女の子〉の意味を、深海は根本的にかんちがいしている節《ふし》がある。その表情からは、須磨さんの言っていることを本当には理解できていないのが丸わかりだった。

深海の的はずれな反応がツボに入ったのか、須磨さんは顔をうつむかせて、こそっと笑っている。

顔はまだ熱いけれど、そんなふたりのやり取りをすぐそばで見聞きできているのは楽しい。

ほてった顔を手でぱたぱたとあおいでいると、いきおいよく戸が開く音が、店内に響《ひび》き渡《わた》った。

お客さんにしては、ずいぶん乱暴に戸を開く人だな、と思いながら、肩越《かたご》しにうしろを振《ふ》り返《かえ》る。あ、と思った。すがたの見えなかった一淋《いちりん》が、あわただしく駆《か》けこんでくるのが目に入ったからだ。

「先輩《せんぱい》！　ちょっときて！」

カウンター席まで駆《か》け寄《よ》ってくるなり、釜《かま》の前にいた九嵐に、激しく手招きをしている。

「どうしたんですか、一淋さん」

「あ、希子！　いや、うん、ちょっとね」

そう言って一淋は、なにやら口ごもってしまう。

「なに？　一淋」

注文があった分のうどんは、すべてゆで終えていたらしい九嵐が、ゆっくりと釜の前を離《はな》れて一淋の近くまでやってくる。

「いま、出られない？　ちょっときてほしいんだけど」

「どこに？」

「いいから、オレといっしょにきて！」

一淋は強引《ごういん》に九嵐を調理スペースから引っ張り出すと、深海に向かって、「みーたは？」と叫《さけ》ぶように言った。

「発注してた小麦粉が届いたから、作業室に運んでるけど」

「じゃあ、先輩《せんぱい》が抜《ぬ》けても問題ないよね」

「亜吉良がいれば、まあ、だいじょうぶだけど……なんなの、いったい」

「あとで説明する！」

一淋は、調理スペースから出てきて、希子と須磨さんが座《すわ》っているカウンター席の横に立った九嵐の腕《うで》を引っ張りながら、戸口へと引き返していった。

一淋たちが出ていくと、店内はもとどおりの静けさを取りもどした。フロア中央の大テーブルにいたお客さんが、なにごとだ、という顔をして首を伸《の》ばしていたけれど、一淋たちのすがたが見えなくなると、すぐに興味をなくしたようだった。新聞をめくる音が、聞こえてくる。

「なんだったんだろうね」

須磨さんが不思議そうに小首をかしげてみせるのに、希子も、「なんだったんでしょう」と小首をかしげ返した。

調理スペースの深海もまた、わけがわからない、という顔だった。


翌日の、いつものカウンター席のはしっこで希子はつい、大きな声を出していた。

「口もきいてない？」

あんまりびっくりして、声が大きくなってしまったのだ。

自分で自分の出した声にびっくりしながら、きょろ、と辺りの様子をうかがう。

さいわいなことに、希子のほうに顔を向けているお客さんはひとりもいなかった。どのお客さんも、目の前のかまたま、もしくはカフェオレ、もしくは読書中の本や雑誌、そして、つれだっている相手とのおしゃべりに夢中だ。

ほっとしながら、すぐ横に立っている亜吉良の顔に視線をもどす。

「なにが原因なの？」

「うーん……話すと長いんだけど」

「そっか。じゃあ、夜、電話する」

「わかった」

あらためて店の中を見渡《みわた》してみると、たしかに一淋のすがたがない。

一淋はきょう、勝手にお店を休んでいるのだそうだ。

その理由を、ついさっき亜吉良から教えてもらった。なんと、九嵐と喧嘩《けんか》をしてしまったのだという。

あの一淋さんが、九嵐さんと喧嘩……。

希子は、一淋がどれだけ九嵐を慕《した》っているかを知っている。意外だった。いったいなにが原因で喧嘩《けんか》なんて、と思う。

頭をよぎったのは、きのう、お店に飛びこんでくるなり、一淋が九嵐をつれてどこかにいってしまったことだった。

そのあと、希子は帰宅予定の時間になったので、ふたりがもどってくる前に店を出てしまっている。もしかすると、ふたりでお店を出ていったあとに、なにかあったのかもしれない。

そわそわしながら《死神うどんカフェ1号店》をあとにした希子は、いつもどおりに夕食をすませてから自室にもどり、参考書をパラパラとめくりながら、お店の閉店時間を待った。

「もしもし、三田くん？」

「あ、林田さん。ごめん、オレ、まだ寮《りょう》にもどってないんだ」

「そうなの？　いま、どこ？」

「駅前のカフェ」

「駅前のカフェ？」

予想外の返事に、思わず声が大きくなる。どうも自分は、びっくりすると声が大きくなるらしい。気をつけよう、とひそかに思う。

「どうしてカフェなんかにいるの？」

「一淋さんに、つれてこられた」

「一淋さんに？　え？　どうして？」

「夕飯、九嵐さんといっしょに食べたくないんだって」

そんな子どもみたいな……と思ったものの、あの一淋が、そこまでかたくなになるというのも、ちょっと珍《めずら》しいような気がした。

基本的には、陽気で人なつっこい性格だ。だれかと険悪な雰囲気《ふんいき》になるなんて、考えられなかった。

「まだ、そこにいるの？」

「たぶん。さっき入ったばっかりだから」

「カフェって、どこのカフェ？」

亜吉良が教えてくれたそのカフェは、名前と外観は知っていたものの、入ったことのないお店だった。

「わたしも、いっていいかな？」

「いまから？」

亜吉良の声が、驚《おどろ》いている。

「わたし、目黒先輩《めぐろせんぱい》のことはお母さんに話したんだ。近所に同じ学校の先輩が住んでて、最近になって仲よくしてもらうようになったって」

「うん」

「だから、目黒先輩のところに、借りてた本を返しにいくって言えば、いまからでも出られるかもしれない」

「お父さんは？」

「お父さんはもう、寝室《しんしつ》にいっちゃってるから、お母さんさえ説得できれば、一時間くらいなら出られると思う」

「そっか、わかった。ちょっと待って。いいって言うと思うけど、一応、一淋さんにきいてみる」

亜吉良の声が遠ざかって、くぐもった声での話し声が、少しのあいだつづいた。

「もしもし、林田さん？　一淋さんは、いいって」

「じゃあ、いまからちょっと、お母さんに話してみる」

「だめそうだったら、また電話して」

「うん、じゃあ、あとで」

希子は急いで身支度《みじたく》を整えると、適当な本を手に、部屋を飛び出した。


ふたりは、お店の奥《おく》のゆったりしたソファ席に、向かい合って座《すわ》っていた。

「あ、希子、きた！　おいでおいでー」

店内に足を踏《ふ》み入《い》れたばかりだった希子をいち早く見つけた一淋が、大きく手を振《ふ》っている。

足早に近づいていくと、一淋は座る位置を少しずらして、希子の席を作った。

テーブルには、ガパオライスらしきお皿と、パスタのお皿がある。

「希子もなんか食べる？」

「いえ、ごはんはもう食べたので」

「じゃあ、なにか飲みもの、たのみな」

「あ、はい」

ジンジャーエールをたのんでもらうことにする。一淋がお店の人に注文しているあいだに、そのとなりにそっと腰《こし》をおろした。

向かい合った亜吉良と、目と目で短く会話をする。

『わたしから、なにがあったかきいてもいいかな？』

『いいと思うよ』

ソファの背もたれから乗り出すようにしながらお店の人に注文していた一淋が、よいしょ、と言って正面に向き直る。

「あの、一淋さん」

「なあにー」

「九嵐さんと、喧嘩《けんか》しちゃったんですか？」

「したよー！　したした！　だってさー、先輩《せんぱい》、ひどいんだもん！」

どうひどいんですか、と希子がきくまでもなく、一淋は勝手に話し出してくれた。

どれだけ九嵐がひどいことをして、それに対して自分がどれだけ怒《おこ》っているのか、を。

希子の家からも、《死神うどんカフェ1号店》からも、歩いて数分のところに、とんでもなく庭の広い和洋折衷《せっちゅう》な豪邸《ごうてい》がある。

庭の一角には小規模ながら竹林もあって、昔ながらのお金持ちのおうち、という感じだ。

その豪邸の持ち主が大和田《おおわだ》さんというおじいさんで、《死神うどんカフェ1号店》の開店当時からの常連さんでもあった。

夏休みに、流しそうめんならぬ流しうどんを《死神うどんカフェ1号店》のみんなでやったとき、材料の竹をわけてくれたのが、大和田さんだった。

希子にとっては、お店で会ったときに軽く会釈《えしゃく》をしあう程度の間柄《あいだがら》でしかなかったけれど、どうやら一淋は、ずいぶんとなついていたらしい。

大和田さんのご自宅にも、遊びにいったことがあるのだという。

「大和田さんはさ、息子《むすこ》さん夫婦《ふうふ》とその子ども三人と、お手伝いさんのしーちゃんといっしょに暮らしてて、すごいしあわせそうだった」

「そうだったんですね」

「うん。だからさ、もっともっと、そのしあわせな状態のままでいさせてあげたかったんだよ、オレは」

「え？」

「大和田さん、死んじゃった。きのうの夜」

思いがけない一淋の言葉に、はっと息をのむ。

「どうして……」

「急な心臓発作《ほっさ》。年齢的《ねんれいてき》に、心臓がもう弱くなっちゃってたみたい」

親しくしていたわけではないものの、何度となくお店で顔を合わせて、やさしいほほえみを向けてもらっていた人だ。

その死を知らされて、胸を突《つ》かれたようになる。

「きのうの夕方、オレ、久しぶりに大和田さんちにいってたんだよね。使ってないオーブンレンジくれるっていうから」

一淋の話はつづいた。

「大和田さん、ここのところお店にきてなかったじゃん？　ヨーロッパ旅行にいってたんだって。だから、会うの自体けっこう久しぶりだったんだけど、顔を合わせてすぐ、わかった。あ、大和田さん、死亡予定が出てるって」

人間のふりをしながら生活しているいまの一淋たちは、死亡予定の有無《うむ》だけなら相手を見るだけでわかるのだけど、いつ、どんな死因で死んでしまうのかは、死神界に問い合わせてみないとわからないらしい。

大和田さんに死亡予定が出ていることを知った一淋は、あわててお手洗いを借り、死神界のデータベース的なところにスマホでアクセスしたのだという。

「そしたらさあ、死亡予定時間はその日の夜の午後九時で、搬送先《はんそうさき》の病院で死亡ってなってて。

もうびっくりだよね。あと数時間後じゃんって。それで、あわてて先輩《せんぱい》を呼びにいったってわけ」

そこまでは、うんうん、とうなずきながら聞いていた希子だったけれど、あわてて先輩を呼びにいった、というくだりで、ん？　となった。

「どうして九嵐さんを呼びに？」

「だって、先輩だったら〈肉貸《にくか》し〉ができるじゃん！」

「〈肉貸し〉……って、それを大和田さんにしてもらおうとしたんですか？」

「大和田さん、もうすぐ誕生日だったんだよね。大和田さんがトイレにいったとたん、みんなして顔寄せ合って、誕生日パーティーの計画、こそこそ話しはじめたりして、すっごい楽しみにしてさ。おじいちゃんにはもっともっと長生きしてもらわないとねって」

むかしの文豪《ぶんごう》みたいな雰囲気《ふんいき》のおじいさんだった。そんなにご家族と仲がよかったんだ、と少し意外に思う。

一淋は、きのうのことを思い出しながら話しているのか、瞳《ひとみ》がほんの少し、うるんでいるようにも見えた。

「あんなにみんなから長生きしてほしいって思われてる人が急に死んじゃうなんて、あんまりじゃない？　せめて誕生日くらいは、いっしょに過ごさせてあげたいって思うでしょ？」

希子は、ようやく理解した。

大和田さんを死なせないでほしい、と言い出した一淋に、九嵐はおそらく、それはできない、と答えたのだろう。

一淋には、わかっていないのだ。

九嵐がどうして、月太朗をペンギンのすがたにしてまで、その魂《たましい》をこの世にとどめようとしたのか。

どうして亜吉良の魂を、病院のベッドで眠《ねむ》りつづけている本体の外に出してやり、自由に動ける仮の体を与《あた》えたのか。

希子にはなんとなく、わかるような気がしていた。

もし、九嵐が月太朗の魂をペンギンのぬいぐるみの中に入れていなかったら？

与えられるべき食事と愛情の欠如《けつじょ》により、月太朗はたったひとりで、だれに看取《みと》られることもなく、路地のかたすみでその短い人生を終えていたはずだ。

九嵐がそれをしていなければ、自分のことを常に気にかけて、あれこれと世話を焼いてくれる《死神うどんカフェ1号店》のみんなとの日々を知ることなく、月太朗はこの世を去っていた。

亜吉良にしたってそうだ。

九嵐が〈肉貸し〉の力で病室のベッドから起き上がらせていなければ、一度きりしかやってこない十五歳《さい》の夏を、亜吉良は知らないまま通りすぎてしまっていた。

うどん屋さん——死神だらけのうどん屋ではあるものの——で、住みこみ店員として働くという経験をすることもなく、中学時代にはほとんど口をきいたこともなかったような元同《どう》級生や同僚《りょう》たちと遊園地にいったり、いっしょに流しうどんをしたりすることもなかった。

九嵐がしたかったのは、月太朗と亜吉良の寿命《じゅみょう》を引き延ばすことではなく——。

「オレ、先輩《せんぱい》に言ったんだよ。誕生日くらいはいっしょに過ごさせてあげたいって。大和田さんが死んじゃうのは、それからでもいいでしょ？　って」

一淋は、くちびるをとがらせながら話しつづけた。

「そしたら、おまえは本当に、大和田さんがそうしたがってると思ってそう言ってるのかって」

「九嵐さんが……そう言ったんですか」

「うん。だから、そうしたがってないわけないじゃんって言った。だって、そうじゃない？　死んじゃったら大和田さんはもう、息子《むすこ》さん夫婦《ふうふ》にも、お孫さんたちにも、しーちゃんにも会えないんだよ？　そんなの、かわいそうじゃん。少しでも長くいっしょにいられるなら、どんな方法を使ったって、長くいっしょにいられたほうがいいに決まってるでしょ？　大和田さんだってそう思ってたはずだよ、ぜったい」

大切な家族に会えなくなるのは、かわいそう。少しでも長くいられるのなら、そのほうがいいに決まっている。

一淋の言っていることは、まちがっていなかった。希子だって、かわいそうだと思う。少しでも長くいっしょにいられるのなら、そのほうがいいに決まってる、とも思う。

ただし、どんな方法を使ってでもそうしたい、と大和田さんも思っている、と決めつけた部分に関しては、うなずくことができなかった。

なにより一淋は、大事なことを忘れている。

そもそも〈肉貸し〉というのは、大きなリスクをともなう行為《こうい》なのだ。

背負わなければならないリスクのひとつに、〈肉貸し〉を経て仮の体を得た場合、その本人をもとから知る人たちの目には、別人の顔を持つ人物にしか見えなくなってしまう、という現象がある。

果たして大和田さんは、大切な家族といっしょにいること自体が大きな苦しみになってしまうかもしれないリスクを背負ってまで、延命を望んだだろうか。

一淋に伝えたいことが多すぎて、なにから言葉にすればいいのかわからない。

「……九嵐さんは、いろいろ考えたんだと思います」

どうにかして口にした希子のその言葉に、一淋は、さらに不満げにくちびるをとがらせた。

「オレだって、考えたよ？　どうしたら、大和田さんがさみしくならないかって」

ちがう、そうじゃない。

一淋が考えたのは、大和田さんの気持ちじゃない。大和田さんがどうなったら自分がさみしくないか、で、大和田さん本人の気持ちじゃない……。

九嵐が考えたのはきっと、月太朗と亜吉良の気持ちだけだ。

月太朗と亜吉良にとって、求めても求めても与《あた》えられることのなかったものとはなにか。自分の〈肉貸し〉という力を使えば、彼《かれ》らはそれを得ることができるのか。大きなリスクを負う行為《こうい》と天秤《てんびん》にかけたとしても、彼らはそれを得ることを求めるかどうか。

一淋にどう伝えればいいのかわからないけれど、九嵐には、〈肉貸し〉をするかしないかを決める基準がきっとある。そして、それはたぶん、人の側に立って決めているのだと、希子は思った。

一淋がしようとしていることは、一淋がしたいこと、だ。

九嵐がなにを考えて〈肉貸し〉をしているのかがわかっていないから、一淋は怒《おこ》っているのだろう。

月太朗や亜吉良には〈肉貸し〉の力を使ったくせに、どうして大和田さんはだめなんだよ、と。

「先輩《せんぱい》だって、大和田さんとは仲よくしてたし、大和田さんはいい人だっていつも言ってたんだよ？　なのに、なんで大和田さんに肉を貸すのはいやがるんだよって思ったら、もう、すげー腹が立ってさ」

死神なのに人の死をいやがる一淋をいとしく思いながら、その一方で、人に近い考えを持つ九嵐の思いを理解することができずにいる一淋を、悲しいと思った。

「九嵐さんだって、大和田さんがお誕生日の前に亡《な》くなってしまうのは、とても残念なことだって思ったと思いますよ」

「だったら――」

「それでも九嵐さんは、大和田さんに〈肉貸し〉はしなかったんです」

「……なんで？」

「月太朗くんや三田くんのときと、今回のこれはちがうって思ったからじゃないでしょうか」

「なにがちがうの？」

「わたしにも、うまく説明できないです。でも、ちがうんじゃないかなってことは、わかります」

一淋が黙《だま》りこんでしまった。

眉間《みけん》にしわを寄せて、くちびるを一文字に引き結んで、考えこんでいる。その表情は、まるで迷子になった子どものように不安そうに見えた。

いまになって、いろいろなことを考え出しているのかもしれなかった。

「……オレ、ちょっとぶらぶらしてから帰るね」

一淋が急に、ソファから立ち上がった。

「あ、みーたはちゃんと、希子のことうちまで送ってあげるんだぞ？」

そう言い残すと、一淋はレジで支払《しはら》いをすませてお店を出ていった。

残された希子と亜吉良は、どちらからともなく顔を見合わせて、それぞれにこまったような笑《え》みを浮《う》かべた。

一淋の気持ちは、わかる。だけど、肯定《こうてい》はできない——ふたりとも、同じ思いでいるのは目を見ればわかった。

飲みかけだったジンジャーエールに手を伸《の》ばした希子に、亜吉良が言う。

「あさって、うちの店の従業員、全員でお通夜《つや》にいくんだけど」

「そうなんだ」

「林田さんも、くる？」

「うーん……いきたいけど、さすがにちょっと無理かな。もし、うちの母親と知り合いの人も参列してたら、どうして林田さんのお嬢《じょう》さんが？　ってなって、母親の耳に入っちゃうかもしれないから」

「うちの店のことは、まだお母さんに話してないんだ？」

「なんとなく、まだ話せてなくて……」

「そっか」

母親とふたりでいるとき、以前よりは会話も増えたし、目黒先輩《せんぱい》のことなんかは話すようになっている。

ただ、《死神うどんカフェ1号店》に足しげく通っていることは、話せずにいた。

毎日のように通っている理由をきかれたとき、亜吉良のことを打ち明けずに説明できるとは思えなかったし、かといって、亜吉良のことを母親に理解してもらえるようにうまく話せる自信もなかった。

「林田さん、そろそろ帰ったほうがいいんじゃない？」

亜吉良が、スマホで時間をたしかめながら、希子に帰宅をうながしてきた。

はっとして、希子も店の時計に目をやる。

「そうだね、そろそろ帰らないと」

一淋は、自分の分だけではなく、亜吉良と希子の分の会計もすませてくれていた。

ありがとうございましたー、という店員さんの声に見送られながら、店の外に出る。

二階にあるお店だったので、駅前の通りの様子を眼下に眺《なが》めながら、外階段をおりていく。

軽く、深呼吸をしてみた。

夜の風は、まだ少し夏の名残《なごり》を感じさせるのに、吸いこんだ空気は、確実に別の季節のにおいがした。


大和田さんのお通夜《つや》の日、《死神うどんカフェ1号店》には、本日の営業は午後三時まで、という張り紙が戸に貼《は》られることとなった。

希子はあらかじめそのことを知っていたので、久しぶりに、目黒先輩《せんぱい》のお宅におじゃまさせてもらうことにした。

何日か前から、そろそろ着《き》せ替《か》え人形フェスをしよう、と誘《さそ》われてはいたのだ。

「やっと希子ちんが、その気になってくれたよー」

うきうきした足取りで、目黒先輩が自宅のドアを開けた。そんな目黒先輩のうしろすがたを見ているだけで、わけもなく満たされた気持ちになる。

大和田さんのお通夜《つや》に参列することになっている一淋のことが、気にならないわけではなかった。

一淋はまだ九嵐と仲直りしていないようだし、なにより、ご家族の前でなにかおかしなことを口走ったりしないかと心配だった。

ただ、一淋のそばには九嵐もいるし、亜吉良もいっしょなのだから、という安心感が希子の中にはあって、それは、ちょっとやそっとの風では揺《ゆ》れることのない大木のように、どっしりした気持ちなのだった。

自分のこの、あのふたりへの絶対的な信頼《しんらい》は、いつから根をおろしたんだろう、とちょっとおかしくなりながら、希子は目黒先輩のあとにつづいて、玄関《げんかん》へと足を進めた。

長い廊下《ろうか》の先には、びっくりするほど広いリビングがある。床《ゆか》はテラコッタ調のタイル張りで、壁《かべ》は一面、マットなピンク、置いてある大型ソファは、飴色《あめいろ》になるまで使いこまれたくたくたの革製《かわせい》のもので、その下には、メキシカン柄《がら》の大きなラグマットが敷《し》かれている。

庭に面した大きな窓も、サッシが木製だったりして、とても日本の住宅のリビングとは思えない眺《なが》めが広がっていた。

いつもは忘れているけれど、このおうちにくると、希子はいつも、ああ、そうだ、目黒先輩《せんぱい》は相当なレベルのお嬢《じょう》さまなんだった、と思い出す。

リビングのローテーブルには、お湯さえ用意すればすぐにいれることができるようになっている紅茶のセットが用意されていた。その横には、『きょうのおやつは冷蔵庫の中です』と書かれたメモも添《そ》えてある。

目黒家の家政婦さんは、午前中に掃除《そうじ》や洗濯《せんたく》などの家事をすませると、最後に目黒先輩のおやつを準備してからいったん帰宅し、夕飯の時間になるとまた目黒家に出勤してくるのだという。

希子もたいがい、不自由のない暮らしをさせてもらっているほうだと思ってはいるものの、目黒先輩は別格だった。

もちろん、希子の家には家政婦さんなんていない。

「きょうのおやつはフルーツタルトだよー」

希子を先に自分の部屋にいかせて、ひとりキッチンでお湯の準備をしてから、トレイを手にやってきた目黒先輩《せんぱい》が、相変わらずうれしそうな様子ですがたをあらわした。

自分といっしょにいることを、こんなにも素直《すなお》によろこんでくれる目黒先輩が、あらためて大好きだと希子は思う。

そして、つい、置《お》き換《か》えてしまった。

もし、目黒先輩にいま、死亡予定が出ていたとしたら？

もともと目黒先輩に決められていた寿命《じゅみょう》の長さは、あと数時間後までだと教えられたら？

想像するだけで、親しい人の死はつらい。

だって、目黒先輩がいなくなるなんて、そんなこと……。

あんなふうに正論を言ってしまってよかったのだろうか、という思いが、じわりとにじみ出てくる。

ただいっしょに、九嵐さんはひどい、大和田さんのことだって助けてくれたってよかったのに、と怒《おこ》ってあげたほうがよかったのではないだろうか。

大和田さんの死も、月太朗の死も、そして、亜吉良の長期間にわたる意識不明の状態すらも、一淋がいっしょくたに考えてしまっていることには、ひとまず目をつぶって。

大和田さんが死んでしまうのは悲しい、という、ただその気持ちだけを、わかってあげる――それだって、一淋のために希子がしてあげられたことのひとつだったはずだ。

理解してほしい、と希子が一淋に望んだものについて、考える。

自分はもしかすると、一淋が現役《げんえき》の死神だということを、忘れかけていたのかもしれない。

「よっしゃー、じょうずに半分に切れたぞー。はい、これ希子ちゃんの分ね」

ひとつしか用意されていなかったフルーツタルトを、目黒先輩《せんぱい》はナイフで二等分してくれた。

お皿にのせられた二分の一の大きさのタルトが、希子の前に置かれる。

それを見て、さらに思った。悲しい気持ちだって、ふたつに切れば、二分の一の大きさになったかもしれないんだな、と。

自分が思ったことを、そのまま一淋に伝えたことに後悔《こうかい》はなかった。

後悔はしていないけれど、一淋のためにしてあげられたかもしれないことを、自分はしてあげられなかった、というほろ苦い気持ちは、あった。

いただきます、と目黒先輩と言い合ってから、二分の一の大きさのタルトにさくりとフォークを入れ、口に運ぶ。

甘《あま》くて酸《す》っぱいフルーツタルトの味といっしょに、そのほろ苦い気持ちも、希子はしっかりと自分の中にのみこんだ。

5

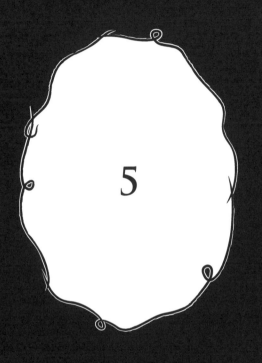

目黒先輩《めぐろせんぱい》の部屋での、久々の着《き》せ替《か》え人形フェスを終えて帰宅する途中《とちゅう》、希子《きこ》は、大和田《おおわだ》さんのおうちの前を通ってみた。

引っ切りなしに訪《おとず》れる弔問客《ちょうもんきゃく》が、屋根のついた立派な木の門の向こうに消えていく。

大豪邸《だいごうてい》にふさわしい、厳《おごそ》かながらも盛大《せいだい》なお通夜《つや》がおこなわれていることが、遠目にもうかがい知れた。

あの門の向こうに、いま、一淋《いちりん》をはじめ、《死神うどんカフェ1号店》のみんながいる。

現役《げんえき》の死神と、元死神と、そして、半死人《はんしにん》たちが、ただひとりの人の死を悼《いた》むために、長い列に加わっているのだ。

自分の知らない、どこか遠い国のおとぎ話の中に、もしかしたらそんな場面があるかもしれない——。

とりとめもなく、そんなことを思った。

「ねえねえ、林田《はやしだ》さん。オレ、なんか三田《みた》くんにきらわれるようなことしたかなあ？」

午前中の最初の休憩《きゅうけい》時間に入るなり、佐多《さた》くんがいきなり、希子の机の前に回りこんできて、がばっとしゃがみこんだ。

「え？　三田くんに？」

「そう、三田くんに」

「うーん、特にしてないと思うけど……」

「だよね？　だよね？　でもさ、あきらかに三田くん、オレのこと、流してたじゃん？」

校門の前で亜吉良《あきら》と会ったときの放課後のことを言っているらしい。

「あー……三田くんって、もともとだれにでもああなんだよ。ひょうひょうとしてるっていうか。ばいばいって手を振《ふ》ったりとか、ぜったいしないし」

「えっ？　なんで？　ふつう、するよね？　だれかと別れるとき、ばいばいって」

「佐多くんはね。でも、三田くんはしないの。そういうキャラじゃないっていうか」

「ふうん……」

佐多くんによると、あとになって、亜吉良のそっけない態度にぐさっときたのだそうだ。

「基本、男にきらわれるってあんまないからさあ、オレ」

「そうなんだ。女子には？」

「たまにきらわれる。面倒《めんどう》くさいって」

わかる、と思ったけれど、口には出さなかった。佐多くんの、ちょっと度を越《こ》した被害妄想癖《ひがいもうそうへき》は、人によっては相当、面倒《めんどう》くさいにちがいない。

「じゃあさあ、もう一回、誘《さそ》ってみてよ、三田くんのことも」

「誘うって……もしかして、増田《ますだ》さんのバイト先にいくっていうあれ？」

「そうそう、あれ」

「どうしてそんなに三田くんもつれていきたいの？」

「えー、だってさー、林田さんの話だと、三田くんって学校いかずに働いてるんでしょ？　あの店で。休みの日も、店の人といっしょにいることが多いっていうしさー。たまにはオレら同年代とも遊んだらいいいんじゃないかなって思って」

思わず、はっとなった。

まさか、佐多くんがそんなことを考えて、しつこく亜吉良のことも誘っていたなんて、思いつきもしなかったからだ。

亜吉良のことは、はじめていっしょにお昼を食べたとき、『あれって林田さんの友だち？』ときかれたので、中学の同級生だと教えて、その流れで、高校には通っていないことと、寮生活《りょうせいかつ》をしていることも話した。

どうして学校もいかずに住みこみで働いているのかときかれたらこまるな、とも思ったのだけど、不思議と、佐多くんはきっとそういうことはきいてこないんじゃないかな、と思ったことを覚えている。

そして、実際に佐多くんは、そういうことはいっさい、希子にたずねてはこなかった。

それが希子には、なんだかとてもうれしかったし、そのことがあったからこそ、佐多くんに対して急速に、気持ちを開くことができるようになっていったのだとも思う。

「とにかく、三田くんにもう一度、きいてみてよ。ね？」

「わかった。きょうにでも、きいてみる」

「きょうもいくの？　あの店」

「うん、いくよ」

「オレもそのうち、また顔出そっかなー。ま、とりあえず、三田くんと一回、交流を深めてからか。じゃ、またお昼にねー」

次の授業がはじまる少し前に、佐多くんはあらわれたときと同じように、いきなり立ち上がって、ひらひらと立ち去っていった。

目黒先輩《せんぱい》とは、毎日、必ずいっしょに下校しているわけではなかった。

目黒先輩に用事があるときは、当然、別々に帰っている。目黒先輩は週に二回、学校帰りに英会話の教室に通っているので、その日も帰りは別だ。

なんだかんだで、ひとりでバスに乗る日は多かった。

その日も、希子はひとりでバスを降り、いつものようにさっさと歩き出そうとしていたのだけれど——。

「林田さん」

聞き慣れた声に呼びかけられて、びくっとなりながらうしろを振《ふ》り返《かえ》った。

「三田くん！　どうしたの？」

「一淋さんのお使いで」

「一淋さんのお使い？」

「おとといのあの店で待ってるから、つれてきてって」

「えーっ？　それでわざわざ三田くんを迎《むか》えにこさせたの？　一淋さん」

「うん」

「断ればよかったのに！　そんなお使い」

「まあ、オレも一淋さんが、林田さんにどんな話するのか興味あったから」

「そうなんだ……だったら、いいけど」

まったく一淋さんは、三田くんのことを自分の飼《か》い猫《ねこ》みたいにみーたみーたって呼んで、すぐ自分のいいように用事を言いつけるんだから、と思いながらも、希子はひとまず、納得《なっとく》した。

どちらからともなく、駅前のカフェに向かって歩き出す。

「お店は？　だいじょうぶなの？　ふたりとも抜《ぬ》けちゃって」

「オレも一淋さんも、さっき九嵐《くらん》さんに、一時間だけ抜けさせてくださいってお願いして、出てきてる」

「あ、一淋さん、もうお店に出てるんだ。じゃあ、九嵐さんとは……」

「仲直り……したのかな？　あれは。よくわかんないけど」

亜吉良によれば、大和田さんのお通夜《つや》から《しにう荘《そう》》にもどってきたときには、一淋はもう、いつものように九嵐に話しかけるようになっていたのだという。

「九嵐さんも、あっさりそれに答えてるし。だから、まあ、仲直りしたんじゃないかな」

「そうなんだ。とりあえず、仲直りできたんだったら、よかったね」

「ふたりが口きかないと、深海《ふかみ》さんが大変そうだったし」

「どうして深海さんが？」

「通訳みたいになってたから」

なるほど、と思う。

おたがいに深海を通じてしか、意思の疎通《そつう》をはからなかったのだな、と。

「三田くんだって、被害《ひがい》受けてたもんね」

「ああ、カフェにつきあわされたあれ？」

「そうそう」

「あれは、ただで外メシ食べさせてもらえて、ちょっと得したなって感じだったけど」

おとといの夜のカフェに、亜吉良のあとにつづいて入っていくと、まるでデジャブのように、一淋がおとといの夜とまったく同じ席にいて、まったく同じリアクションをした。

「あ、希子、きた！　おいでおいでー」

ちょっと吹《ふ》き出《だ》しそうになりながら、一淋がひとりで座《すわ》っているソファ席へと向かう。

亜吉良が先に一淋のとなりに腰《こし》をおろしたので、自然と希子は、ふたりの向かい側に座ることになった。

「希子はなに飲む？　ジンジャーエール？」

「えっと、じゃあ、きょうは紅茶にします」

「ホット？」

「はい。ミルクで」

「りょーかーい」

きょうもまた、一淋がオーダーしてくれた。

さすがに二回つづけておごってもらうのは気が引けたので、きょうは絶対に自分で、とひそかに決意する。

「いきなり呼びつけたりしてごめんね」

前に向き直った一淋が、希子に向かって身を乗り出してきながら、まずはそうあやまった。

「あ、いえ。それはちっとも」

でね、と言って、一淋は唐突《とうとつ》にきのうの夜について話し出した。

「きのうの大和田さん、すっごくしあわせそうだった！」

「大和田さんが……ですか？」

「息子《むすこ》さん夫婦《ふうふ》も、お孫さんたちも、しーちゃんも、みーんな泣いてたけど、でも、たくさんいっしょにいてくれてありがとうって言いながら泣いてた。わたしたちの家族でいてくれて、ありがとうって」

「そう……だったんですね」

胸が、きゅっとなった。

もしその場にいたら、自分もきっともらい泣きをしてしまっていただろうな、と思いながら。

「参列してたほかの人たちも、大和田さんのこと、すごい褒《ほ》めててさ、あんなすばらしい人はいなかったって言い合ってた！」

一淋は、少し興奮しているようだった。

きのうのお通夜《つや》で目にした光景が、一淋にとってよほど感慨深《かんがいぶか》いものだったのだろう。

「オレ、本気でちょっとびっくりした。死んじゃったのに、大和田さん、しあわせそうって思っちゃったんだもん。ちっともかわいそうじゃなかった！　大和田さん」

あくまでも一淋は、自分がそう感じた、という話をしているだけなのだけど、あまりにも断定して言うものだから、なんだか本当に、大和田さん自身がそう感じているような気がしてくる。

ああ、そうだ、きみの言うとおりだよ、一淋くんって、どこかでそっとうなずいてくれているような……。

亜吉良がお冷に手を伸《の》ばしながら、さりげなく教えてくれる。

「一淋さん、お通夜《つや》ってものにいったのが、はじめてだったんだって」

いいわけするように一淋が、「だってさあ」と亜吉良に向かって言う。

「お通夜とか告別式とか、ふつう、いかないでしょ？　死神って」

「まあ、ふつうに考えたらいきませんかね、死神は」

「死神だったころにも何度かいったことあるっていう先輩《せんぱい》のほうが、どう考えたっておかしいんだからね！」

どうやら九嵐は、お通夜も告別式も経験ずみだったらしい。

「あー……でも、だから先輩って、あんなに人間のことがよくわかってんのかなあ」

「死神として必要のないこと、ずいぶんあれこれやってたみたいですよね、九嵐さんって」

「そうなんだよね、うどんの食べ歩きがその最たるものだったわけだけど……って、話、それてるし！」

自分で話を脱線《だっせん》させたくせに、さも亜吉良が悪いように言って、一淋は希子の顔をまっすぐに見つめてきた。

「だからね、オレ、先輩が大和田さんに、〈肉貸《にくか》し〉をしなかったのは、ひどいことじゃなかったんだって思った」

「……じゃあ、九嵐さんのこと、もう怒《おこ》ってないんですね？」

「うん！　許した！　っていうか、怒ってごめんなさいって感じ。あやまってはいないけど」

「あやまらないんですか？」

「先輩《せんぱい》の好きな『ナッツボン』、こっそり部屋に置いといたから、だいじょうぶ！」

「『ナッツボン』ってなんですか？」

「知らないの？　希子。落花生の形のキャンディだよ？」

「知らないです」

「じゃあ、今度、希子にも買ったげるね」

「あ、はい、じゃあ、ぜひ」

希子のオーダーしたミルクティーが運ばれてきた。

カップを手に取ると同時に、亜吉良がジーンズのポケットをまさぐり、スマホを出すすがたが目に入ってくる。

着信があったらしい。

「もしもし……あ、はい、いっしょです。駅前にいます。え？　そうなんですか？　わかりました、すぐもどります」

亜吉良はすぐにスマホをポケットにしまうと、一淋に向かって言った。

「なんか、団体さんの予約が入ったらしいです。もどれそうならもどってきてって、深海さんが」

そういうことなら、と希子はすぐに、「いってください」と一淋に告げた。

「えっ、でも、希子がまだ……」

「わたしはゆっくり、お茶してから帰ります」

きたばかりの希子をせかしたら申しわけない、と一淋なら考えそうだな、と思って、そう言ったのだった。

「わかった、じゃあ、オレとみーたは、先に出るね」

そう言いながら、一淋が伝票をさがしはじめる。

「一淋さん、ここ、伝票ないですよ。レジにあるとこ」

「あれっ、そうだっけ」

あわてて希子は、「あの！」と声を上げた。

「一淋さんと三田くんの分だけ、置いていってください。お会計は、あとでわたしがしておきますから」

一淋は一瞬《いっしゅん》、うん？　という顔をしたけれど、すぐに、希子が自分の分は自分で払《はら》いたがっているのだということを察したらしく、素直《すなお》に、千円札と百円玉をいくつかテーブルの上に置いた。

「じゃあ、これで」

「はい、おあずかりします」

ふたりがあわただしくお店を出ていったあと、あたたかいミルクティーを口に運びながら、思った。

結局、一淋さんは、自分たちはもう仲直りしたから心配しなくていいよ、と言いたくて、自分を呼び出したのかな、と。

それか、自分もちゃんと先輩《せんぱい》のことを理解した！　と報告したかったのかな……。

どちらにしても、わざわざそれを希子に教えておかなくちゃ、と思ってくれたことがうれしかった。

その日の夜、なぜか佐多くんから電話がかかってきた。

「あ、林田さん？　ごめんねー、いきなり電話して。林田さん、連絡《れんらく》手段が電話かメールしかないからさー。だったら電話のほうが手っ取り早いかって思っちゃって」

希子が出るなり、一方的に、わーっと話し出す。

「でさ、三田くん、どうなった？」

「あ、それ、まだ話せてない」

「えー、なんで？　なんでまだ話してないのー？」

「きょう、お店にいけなくて」

「そうなの？　なんだ、じゃあ、マス子のバイト先いくのはまだ無理ってこと？」

「そう……だね」

「マジかー、早くいきたくてうずうずしてんのにー」

「そうなんだ……ごめんね」

「じゃあさあ、次、林田さんがあのうどん屋いくとき、オレもいっしょにいってもいい？」

「えっ、お店に？」

「だめ？　三田くんに引かれそう？」

「引いたりはしないと思うけど……」

亜吉良が佐多くんをどう思っているのか。

あのひょうひょうとした態度からは、さっぱり予想がつかない。

もしかすると、もう会いたくない、と思っている可能性がないわけではなかった。

希子が迷っていると、「あ、ねえねえ」と言って、佐多くんがいきなり話題を変えてきた。

「きょうのメグシー先輩《せんぱい》がアップしたコーデ写真、見た？」

「あ、まだ見てない」

「すっげーかわいいの！　ここ何日かの中で、オレはダントツ好きな感じ！　見てよ、いますぐ」

佐多くんにせかされて、仕方なくパソコンを立ち上げる。基本的に、勉強中はパソコンの電源は落としたままにしているのだ。

お気に入りに登録してある目黒先輩のブログを開く。

オーバーサイズな黒のハットに、燕尾服《えんびふく》のようなジャケット、デニムのショートパンツ、ハイカットのコンバースのスニーカーといういでたちだった。

がおー、と吠《ほ》えているような表情で、写っている。

かわいかった。

「うん、かわいい」

「でしょ？　これ、相当かわいいよね！」

「金髪《きんぱつ》のときだったら、もっとハマりそうだけど……」

「そう！　そうなんだよねー、サーカスの美少女団長みたいな感じになったよね、金髪だったら」

「もちろん、これはこれで、ホントにかわいいけど」

「金髪でも見てみたかったよね」

「うん」

あとさ、と言って佐多くんは、新学期がはじまった日のコーデも見てみて、と言い出した。

「新学期がはじまった日……ああ、これ」

「それもよくない？　コスプレ感が出ちゃうぎりぎり一歩手前って感じでさ、メグシー先輩《せんぱい》のセンスが光りまくってるよね」

「わたし、その前の日のコーデもすごく好き」

「その前の日……あー、お嬢《じょう》さま風の！」

「そう、でも、合わせてる靴《くつ》とかアクセがすごく先輩《せんぱい》っぽくて、なんか不思議な感じなの」

「わかるー、ワンピだけだったら、なんてことないんだよね、これ」

いつのまにか、目黒先輩のファッションに関する雑談になってしまっていた。

もともと希子も、モード系のファッション雑誌をいくつも愛読しているくらいなので、こういう話題になると止まらなくなる。女の子同士で話しているような感覚で、三十分以上、話しこんでしまった。

「やべー、林田さん、意外とくわしいじゃん。もしかして、林田さんも将来は服飾《ふくしょく》方面希望とか？」

思いがけないことを言われた。

「そういうわけじゃないけど……『も』ってことは、佐多くんは、服飾関係のお仕事がしたいの？」

「とりあえず、大学はいくけどね。うち、親が学歴至上主義な人たちだから。とりあえず親が納得《なっとく》する大学いって、がんがんバイトして金貯《た》めて、自分の金で留学する。もちろん、親の金でいかせてもらった大学はきっちり卒業してからね。で、海外のメゾンのインターン目指すつもり。留学先は、パーソンズ美術大学かなって思ってるんだけど、問題は、留学準備に入るまでに語学がどんだけ伸《の》びるかなんだよなあ」

驚《おどろ》いた。まさか佐多くんが、そこまでしっかりした将来のビジョンを持っているとは、思ってもみなかったからだ。

「すごいね、まだ一年生なのに」

「だって、これしかないって感じだからさー、オレの場合」

それがすごいんだよ、と希子は思う。

これしかないって思えるものに、もう出会っているということが。

「林田さんは、じゃあ、いまはまだこれって決めてる進路はないんだ？」

「進路なら決めてるよ。大学は国立って」

「お、決めてんだ」

「でも、その先のことは、まだ……」

「いいんじゃん、その先は別に。オレみたいに、これってもんがまだないなら。大学いくんなら、いろいろやってみる時間もできるわけだし」

「そうかな」

「そうだよ、これってもんが見つかるタイミングなんて、人それぞれでしょ」

はじめて佐多くんを、もしかすると、かっこいい人なのかな、と思った。

例の被害妄想癖《ひがいもうそうへき》にだいぶじゃまされてしまっているけれど、本来の性格は、かなり男前な人なのかもしれない。

「佐多くん、目黒先輩《せんぱい》と話してみればいいのに」

「えっ、なになに、急に」

「ぜったい、先輩と佐多くん、話は合うと思うよ。それだけ服飾《ふくしょく》関係の知識があって、将来もそっちにって思ってるんだったら」

「あー、それは、オレもそう思う」

「だったら一度、わたしが目黒先輩といっしょにいるときに……」

「だめだめ！　そうじゃないの！　オレの理想のファーストコンタクトは！」

たとえば、と言って、佐多くんが例に挙げたのは、いつもの下校のとき、バスを降りたら急な雨が降り出していて、こまったな、という顔をしている目黒先輩に、うしろからそっと傘《かさ》をさし出しながら、「よかったら、入ります？」と声をかける、というものだった。

「よくない？　雨の日シチュエーション！　それかさ、原宿《はらじゅく》歩いてたら、たまたま先輩を見かけるんだけど、なんかこまった顔してんのね。で、ふとオレの足もとを見たら、財布《さいふ》が落ちてるわけ。メグシー先輩《せんぱい》っぽいやつが。で、あ、財布《さいふ》か！　って気づいて、オレはそれを先輩のとこに持ってくの。『これ、落としませんでしたか？』っつって」

どうやら佐多くんは、こまっている目黒先輩の前に、救世主的にあらわれて、はじめて言葉を交《か》わす、という出会い方をしたいようだった。

「……ちょっとー、なにいまの沈黙《ちんもく》。林田さん、引いてるでしょ？」

「引いてないよ！　想像してたんだよ、佐多くんの話を聞きながら」

「うそだー、佐多くん、きしょーい、少女マンガじゃないんだから、とかって思ってたでしょ」

「思ってないってば！」

結局、最後はいつもの被害妄想癖《ひがいもうそうへき》全開の佐多くんにもどってしまった。

さっきまで、あんなにかっこいいこと言ってたのに……。

ケータイから、少し口もとを遠ざける。

佐多くんに気づかれないよう、希子はこっそりと笑った。


日曜日。

家族三人で外食をすることになった。

交《か》わす言葉は少なくなったものの、両親に対して、反抗的《はんこうてき》な態度を見せるようなことはいっさいしてこなかった希子なので、家族で外食をすることも、ごく自然なことではあった。

父親にとって、家族で外食をすることは、ささやかな楽しみだということも、希子はちゃんと理解している。だから、いやだと言ったこともない。

ただ、希子の父親は、お店の人の態度に敏感《びんかん》で、少しでも感じが悪いと思えば、決まってクレームをつける。それが、希子にはひどく憂鬱《ゆううつ》だった。

その日も、レジの女性が少し無愛想で、カードで支払《しはら》いをしようとした父親に、サインのためのペンをさし出すときの態度がひどく横柄《おうへい》だった、と言って、不機嫌《ふきげん》になってしまった。

帰りの車の中でも、サービス業にたずさわる者として、ああいうのは許せない、とずっと話していて、希子はもう、おいしかった料理のことなんてどうでもよくなっている自分に気づいて、ひどく悲しくなった。

やわらかなパンと、白身魚の香草焼《こうそうや》きが、とってもおいしかったのにな……。

希子は亜吉良に、父親の一面だけを見ている自分を指摘《してき》されて以来、前よりはずっと、気持ちをこわばらせることなく父親に接することができるようになっていた。

それでも、思う。

お父さんのこういうところは、きっともうこのままなんだろうな、と。

おとなになるということは、いい意味でも悪い意味でも、揺《ゆ》るぎがなくなるということなのだと、最近、思うようになった。

いまのうちなんだ……。

希子は、すぐに揺らいでしまういまの自分を面倒《めんどう》くさいと感じているし、しんどい、とも思っている。

だけど、すぐに揺らいでしまういまだからこそ、いろんなことを考えて、いろんな考え方に触《ふ》れておくべきなんだろうな、ということに、少しずつ気づきはじめてもいた。

お父さんのようになりたくない、とまでは思いたくない。

ただ、お父さんとはちがう考え方もできるおとなになりたい、とは思う。

流れていく車窓の向こうのまばゆい夜の街並みを眺《なが》めながら、希子はずっと、そんなことを考えていた。

あれ？　という顔をしながら、深海が、いらっしゃいませー、と声をかけてくる。

希子がひとりのときなら、いらっしゃいませ、とは言われない。

希子のすぐうしろに、佐多くんのすがたを見つけたからこその、いらっしゃいませ、なのだろう。

希子がいつもの指定席に腰《こし》をおろすと、佐多くんは、すぐとなりの席に座《すわ》った。

「すいません、かまたまひとつ！」

佐多くんは迷わず、かまたまを注文し、希子は、お冷だけにするか少し考えたあと、結局、カフェオレをたのんだ。

調理スペースに目をやると、釜《かま》の前の九嵐と、食器を洗うシンクの前の深海しかいない。

「三田くんと一淋さんは、休憩中《きゅうけいちゅう》ですか？」

希子がそうたずねると、深海は、いえ、と言って首を横に振《ふ》った。

「須磨《すま》さんのお宅にいってます」

「須磨さんの……ですか？」

「須磨さん、うちにきてすぐ、ちょっと具合が悪くなってしまって……」

「えっ？」

「須磨さんが言うには、いつもの貧血《ひんけつ》だって……でも、やっぱり心配だから、亜吉良と一淋がいま、ご自宅まで送りにいってるんです」

希子は、椅子《いす》をうしろに蹴《け》り倒《たお》しそうないきおいで、立ち上がった。

「須磨さんのおうちって、大和田さんのおうちがある通りを抜《ぬ》けて、右に曲がったところの焦《こ》げ茶色《ちゃいろ》の木造のおうちですよね？」

「たしか、そうだったと思います」

「わたしもちょっといってきます！」

となりの佐多くんが、えっ、と驚《おどろ》いている。

「なになに、どこいっちゃうの、林田さん」

「すぐ近く！　佐多くん、ちょっと待っててくれる？」

「あ、うん。じゃあ、かまたま食べながら待ってる」

「ごめんね、遅《おそ》くなりそうだったら電話するから」

「わかった」

深海にカフェオレのキャンセルを告げると、希子は急いで外に出た。

通学バッグはお店に置いてきたので、身軽に走ることができる。須磨さんの家まで、五分かからなかった。

息を切らしながら、インターフォンを押《お》す。

少しあいだを置いて、「はい」と若い男の人の声がした。ん？　と思う。インターフォンを通して聞いたから、一瞬《いっしゅん》、知らない人の声のように思えたけれど、少し遅《おく》れて、三田くんの声だ、と気づいた。

「三田くん、わたし」

「あれ、林田さん？」

「いま、深海さんから須磨さんのこと聞いて」

「そうなんだ。ちょっと待って、いま開けにいくから」

板チョコのような、むかしながらの木製のドアが、いきおいよく開く。

顔を出したのは、なぜか亜吉良ではなく、一淋だった。

「希子もきたんだ！　入りな入りな」

そう言って、まるで自分の家のように希子を招き入れる。

はじめておじゃました須磨さんの自宅は、まさに昭和モダンといった風情《ふぜい》のおうちだった。

この近くに、昭和初期に建てられた洋館と和館が隣接《りんせつ》している大邸宅《だいていたく》がある。かつての公爵《こうしゃく》だった人のご自宅だ。一般《いっぱん》公開もされている。中学生のころ、一度だけ見学にいったことがあるのだけど、チョコレートのような色をした柱や階段の手すり、柄《がら》のついた壁《かべ》が、とても素敵《すてき》だった。

あの公爵邸《こうしゃくてい》にあった雰囲気《ふんいき》が、須磨さんのおうちの中にもあった。

板張りの廊下《ろうか》を抜《ぬ》けると、すりガラスがはめこまれた重厚《じゅうこう》な扉《とびら》の向こうに、いまの時代の住宅にはない、独特の広さを感じさせるリビングが広がっていた。

「いらっしゃい、希子さん」

須磨さんは、トレイにのせたティーポットと四人分のカップとソーサーを運んでいる途中《とちゅう》だった。

四人分ということは、希子の分もあるということだ。お茶の用意をしている最中に、タイミングよく希子の来訪を知って、トレイにのせるカップとソーサーを追加したのだろう。

黒いレザーのソファセットの一角にちょこんと座《すわ》っていた亜吉良が、両手にトレイを持った須磨さんのすがたを目にするなり、立ち上がろうとする。須磨さんはすかさず、それを制止した。

「お客さんは座っててていいの」

迷いながらも、亜吉良は腰《こし》をソファの上にもどした。

そのひざの前にあるテーブルの上には、外国製らしい大ぶりなチョコチップクッキーや、アボカドディップが添《そ》えられたトルティーヤチップス、フルーツポンチのボウルなどが、ところせましとならべられている。

まるで、盛大《せいだい》なお茶会のテーブルだ。

そのうえ、貧血《ひんけつ》で倒《たお》れた、と聞いて駆《か》けつけたのに、須磨さんはぴんぴんしている。顔色も悪くないし、しんどそうな様子も見られない。

「あのー、須磨さん、具合は……」

おそるおそる希子がそうたずねると、須磨さんは、軽く肩《かた》をすくめるようなしぐさをしてみせた。

「さては深海くん、おおげさに話したな」

「おおげさというか、須磨さんがお店で具合が悪くなったって……」

「ちょっとふらっとして、しゃがみこんじゃっただけなのよ。それをこの人たちが、大変なことが起きた！　みたいに騒《さわ》いじゃって」

「じゃあ、いまはご気分は……」

「希子さんから見て、どう？」

正直に答えるしかなかった。

「いつもの須磨さんにしか見えないです」

「でしょ？」

須磨さんは、ふふっとかろやかに笑って、さ、と希子に向かって手招きをした。

「好きなところに座《すわ》って」

うながされるまま、希子はソファに腰《こし》をおろした。

コの字に置かれたソファセットだったので、須磨さん以外は、横一列にならんで座るかっこうになった。希子は亜吉良のとなりに腰をおろし、一淋は、希子のとなりに座った。

「臨時開催《かいさい》のお茶会ってところね」

歌うように言いながら、須磨さんはてきぱきと四人分のお茶を注いでいく。

なんかね、と言って、一淋が希子の顔をのぞきこんできた。

「須磨さん、人間ドックってのをやったばっかりで、めちゃくちゃいい結果だったんだって。これなら百歳《さい》まで生きられますねって言われたくらい」

須磨さんが、そうそう、とうなずいている。

「生きちゃうみたい」

その言い方が、あまりにもかわいらしかった。同時に、これ以上の心配は、須磨さんが望むことではないのだな、ということもわかった。

「お店、すいてた?」

亜吉良が、希子のほうに顔を向けながらきいてくる。

「うん、すいてたよ」

だったら、と言いながら、亜吉良が一淋に向かって身を乗り出す。

「お言葉に甘《あま》えて、ゆっくりしてっちゃいましょうか」

一淋は、いえー、パーティーだー、と陽気な声を上げ、さっそく目の前にあったチョコチップクッキーを手に取った。

パーティー。

一淋がそう口にした瞬間《しゅんかん》から、本当に須磨さん主催《しゅさい》のパーティーがはじまったような気がして、希子はうきうきした気分になった。さっきまでの、須磨さんが心配で張《は》り裂《さ》けそうになっていた胸が、うそのようにはずんでいる。

そのはずんでいる胸のすみっこに、小さな引っかかりのようなものを感じて、希子は、あれ?と考えこんだ。すぐに、気づく。

佐多くんだった。

お店に置き去りにしたままだ。

「すみません、ちょっと電話を……」

だれにということもなくそう断ってから、席を立つ。廊下《ろうか》に出ると、あわてて佐多くんのスマホに電話をかけた。

「もしもし、林田さん？」

「あ、佐多くん！　ごめんね、待たせたままで」

「もしかして、遅《おそ》くなりそう？」

「じつは、そうなの。問題はもうなくなったんだけど、ちょっとだけ、みんなでお茶をしていこうってことになって……」

「そうなんだー、だったらゆっくりしてきなよ。オレもこっちでゆっくりしてるから」

「でも、かまたま、もう食べ終わっちゃったでしょ？」

「深海くんとしゃべってるからだいじょうぶ」

「深海さんと？」

「なんか、妙《みょう》に話が合っちゃってさ」

「え……そうなの？」

「うん、だからこっちのことは気にしないでいいよー。あ、でも、二時間とか過ぎるようだったら、そのときはもう一回、電話して」

「二時間はかからないよ！　三田くんたちもいっしょだし」

「だったら、まったく問題ないから。じゃ、またあとでねー」

先に帰ってもらおうと思って電話をかけたのだけれど、佐多くんは、そんなつもりはまったくないようだった。なにがどうなってそうなったものか、深海と意気投合し、楽しくおしゃべりをしているらしい。

だったら、待っててもらってもいいのかな、とケータイを制服のスカートのポケットにもどしながら、希子はリビングへともどった。

「ねえ、希子さん」

希子がソファに座《すわ》り直《なお》すと同時に、須磨さんが呼びかけてきた。

「あ、はい」

「希子さんは会ったことがあるの？　みんなといっしょに暮らしてる月太朗《つきたろう》くんっていう子に」

思わず、ぎく、となった。どうして須磨さんが月太朗くんのことを……とフリーズ状態になってしまった希子に、亜吉良がそっと助け船を出してくれる。

「須磨さん、大のペンギン好きなんだって。ほら」

ほら、と言いながら亜吉良が指さした先には、実物大の陶器《とうき》のペンギンが置かれていた。

「それで、一淋さんが……」

うっかり、うちにもいるよー、的に口を滑《すべ》らしてしまった、ということらしい。

もちろん、月太朗がしゃべるペンギンだということまでは、明かしてはいないはずだ。

なので、あくまでもただのペンギンとしての月太朗になら会ったことがある、ということにして、須磨さんに返事をすることにした。

「会ったことはあります。寮《りょう》のほうにもときどき遊びにいかせてもらっているので」

「いつも寮にいるの？」

「いいえ、お店につれてきてることがほとんどだと思います。飲食店なので、営業中はフロアには出さないようにしてるみたいですけど」

「じゃあ、いまもあのお店のどこかにいるってこと？」

「はい、たぶんきょうも作業室に」

須磨さんが、なにやらもじもじしはじめた。

「……わたしも、会わせてもらっちゃだめかな」

そして、そんなことを言い出すのだった。

思わず、亜吉良と一淋と三人で顔を見合わせてしまう。

「いいんじゃないかな」

最初にそう口を開いたのは、亜吉良だった。

「オレ、いまから店にいって、ここにつれてきますよ」

すぐに一淋も、「月太朗、お茶会なんて参加したことないからよろこぶかも！」と同意した。

ああ、そうか、と希子は思う。

ここにつれてきてあげれば、月太朗くんがまだしたことのないことを、体験させてあげることができるんだ、と。

亜吉良が真っ先に月太朗をここにつれてくることを提案したのは、そんな考えが頭に浮《う》かんだからかもしれなかった。


ベビーカーに乗せられて、月太朗はやってきた。

寮《りょう》からお店までは、だれかの腕《うで》に抱《だ》かれて運んでもらうことがほとんどで、人気《ひとけ》がなければ、月太朗が自分の足で歩いて移動することもあるけれど、お店から須磨さんの自宅までは、少し距《きょ》離《り》がある。

こういうときのためにと、リサイクルショップで安く買っておいたらしい。

そうしてベビーカーに乗せられてやってきた月太朗が玄関先《げんかんさき》にすがたをあらわしたとたん、希子は思わず吹《ふ》き出《だ》しそうになった。

あからさまに、不機嫌《ふきげん》そうだったからだ。

もし、この場に須磨さんがいなくて、いつものとおり自由にしゃべることができていたなら、まちがいなく月太朗は、ぼくは赤ちゃんじゃないぞ！　と抗議《こうぎ》していたにちがいない。

「まあ……」

なにも知らない須磨さんが、口もとを両手でおおいながら、感嘆《かんたん》の声を上げている。

「こんなに近くでペンギンを見たの、はじめて……」

水族館以外の場所で、なんのへだたりもなく、こんなにも近い距離でペンギンと対面していることが、信じられない、という様子だ。

「さ……さあ、上がって」

珍《めず》しく、須磨さんの声がうわずっている。よほど、気持ちが高ぶっているのだろう。

亜吉良にひょいと抱《かか》え上《あ》げられて玄関《げんかん》に上がると、月太朗はそのまま、リビングまで運ばれていった。

「おー、月太朗！」

一淋が、おいでおいで、とソファの上で手招きをしている。亜吉良は、月太朗を一淋のとなりにおろした。

遅《おく》れてリビングにもどってきた須磨さんと希子を、月太朗はじーっと見つめている。

ソファの上にちょこんと座《すわ》っておとなしくしている月太朗は、かわいい、という以外の表現はしようがないほど、かわいらしかった。

「……めろめろになっちゃうね、これは」

当然のように、須磨さんはソファの上の月太朗に視線が釘《くぎ》づけになっている。

「本当に、お好きなんですね。ペンギンが」

「むかしから、どういうわけか好きなのよね。ペンギンの柄《がら》の小ものとか雑貨とか、すぐ買っちゃうくらい」

とろけそうな目で、須磨さんは月太朗を見つめつづけている。

「じゃ、パーティー再開ね！」

一淋の声に、希子と須磨さんもソファに腰《こし》をおろした。須磨さんはもといた位置に、希子は、もといた場所には月太朗がいたので、一淋のとなりに座《すわ》ろうとしたのだけど、「こっちおいでよ」と一淋にうながされ、月太朗とのあいだに入った。

一淋が、紅茶のカップを高々とかかげる。乾杯《かんぱい》をしよう、ということらしい。あわてて希子も、カップを手にする。亜吉良も、須磨さんも、同じようにカップを目の高さまで上げる。

「かんぱーい」

かんぱーい、と口々に言い合ってから、いっせいに飲む。

「みーた、これ食べた？」

一淋が、亜吉良に向かってアボカドディップを指さしてみせた。

「まだです」

「食べな！　すっげうまいから！」

うながされるまま、亜吉良がトルティーヤチップスを手に取り、緑のディップをつけてから、口へと運ぶ。

「……うま」

「でしょー？」

まるで自分が作ったものを自慢《じまん》するように言って、一淋は陽気に笑った。

須磨さんは、相変わらず月太朗に視線を奪《うば》われたままでいる。

そんな須磨さんを、月太朗は、ちらりと見ては、さっと目をそらす、ということをくり返している。

初対面の須磨さんを、警戒《けいかい》しているのだ。

だいじょうぶだよ、この人は月太朗くんと仲よくしたがってる人だよ、と教えてあげたくなる。

ふいに亜吉良が、須磨さんに向かって言った。

「須磨さん、場所、替《か》わりませんか？」

なるほど、と思う。亜吉良は、月太朗のとなりに座《すわ》っていた。須磨さんと席を替われば、須磨さんが月太朗のとなりにくることができる。

亜吉良はすぐさま腰《こし》を上げ、須磨さんがひとりで座っているソファの横へと移動した。

「どうぞ、須磨さん」

「えー、いいの？　いやじゃないかな？　月太朗くん。いきなり知らない人がとなりに座ったりして」

月太朗は、ただじーっと須磨さんを見つめている。いやがっているようには見えなかった。

須磨さんは、遠慮《えんりょ》しながらも、そろりと月太朗のとなりに腰《こし》をおろした。

月太朗は、やっぱりおとなしくしている。

「ぎゅっとしたい？　須磨さん」

一淋が、気をきかして言う。

須磨さんは、ううん、と首を横に振《ふ》った。

「みんなみたいに、まだ仲よくなってないもの。そんな相手にいきなりぎゅっとされるの、いやに決まってる」

——ああ、須磨さんはやっぱり須磨さんだ。

希子は、ついにやけそうになる口もとに手をやりながら、月太朗のとなりでかすかに顔を上気させている須磨さんを見つめた。

ペンギンが相手でも、須磨さんは相手を尊重することを忘れない。

この人だったら、月太朗くんもきっと……。

「ん？　なに？　月太朗」

ふくらんだほっぺたをもぐもぐさせていた一淋が、希子の背中のうしろからのぞきこむようにして、月太朗に向かって体をかたむける。

どうやら月太朗が、一淋になにかしら合図を送ったようだ。

「なになに？　須磨さんにならぎゅっとされてもいい？」

一淋が、通訳をしている。

「須磨さん、月太朗が、ぎゅっとしてもいいって言ってるよ！」

「ええ？　本当に？」

「うん。オレたち、月太朗といつもいっしょにいるから、こいつの言いたいことはだいたいわかるんだ」

「……本当に、いいって言ってる？」

「言ってるよお」

「じゃあ、ちょっとだけ……」

恥《は》ずかしそうに須磨さんがそう言うと、すかさず亜吉良が立ち上がって、月太朗を抱《だ》き上《あ》げた。須磨さんのひざの上に、そっと月太朗をおろす。

「わ、思ったより重い」

須磨さんの声が、まるで小さな女の子のようにはしゃいでいるのがわかる。

須磨さんは、おそるおそる手を伸《の》ばして、月太朗をその両腕《りょううで》の中に包みこんだ。

「ありがとうね、月太朗くん。ぎゅっとさせてくれて」

やさしくそうささやいた須磨さんに、月太朗は、こく、と小さくうなずくようなしぐさをしてみせた。

あっ、あっ、人の言葉を理解してるって気づかれちゃうかも、と希子はどきっとしたけれど、月太朗を抱《だ》きしめることに夢中になっている須磨さんは、夢見るような表情のまま、月太朗のうしろ頭にほおずりをしている。

そっか、須磨さんだって、まさか自分がいま抱いているペンギンが、もとは人間だったなんて、思いもしないよね、とすぐに胸を撫《な》で下《お》ろす。

月太朗は、すっかり元気になった。

寝《ね》こんでいたのがうそのように、忙《いそが》しく動き回り、気の向くままにおしゃべりをしている。

それが、月太朗の魂《たましい》がいまのこのペンギンの体を離《はな》れるまでのカウントダウンのはじまりだということを、希子はもう、知ってしまっている。

それでも、不思議と希子は、落ち着いていられた。

いま、こうして須磨さんの家で開かれた臨時のお茶会に月太朗もいっしょにいることを、ただただうれしく思うばかりで、それ以外の感情に気持ちが乱されるようなことはなかった。

それはきっと、一淋も亜吉良もいっしょにいるからだと希子は思った。

一淋と亜吉良がいっしょにいると、目には見えない、暗黙《あんもく》の了解《りょうかい》のようなものがどこからかやってきて、希子を守ってくれるからだ。

いまは楽しもう、と。

みんなでいっしょにいるときは、余計なことは考えずに、ただ楽しめばいいんだよ、と。

同じ気持ちでいる者同士がいっしょにいるときにだけあらわれる、目には見えない、暗黙の了解のようなものは、絶えず希子にそうささやいている。

月太朗が、須磨さんのひざの上から希子のほうを見た。

黒々とした愛くるしい目で、じっと見つめてくる。

希子は、胸の中で話しかけた。

楽しい？　月太朗くん。

わたしは、楽しいよ。

須磨さんのおうちで、一淋さんや三田くん、それに月太朗くんもいっしょにお茶会なんて、こんなに楽しいことないよ……。

「ねえねえ、みーた、ポット取ってー」

一淋が、亜吉良の近くにあった紅茶のポットを指さしている。おかわりをするつもりらしい。

受け取ったポットをかたむけて紅茶を注いだカップからは、湯気が立ちのぼっていた。まだ冷めてはいないようだ。

さっそくカップに口をつけた一淋が、あちっ、と悲鳴を上げる。

須磨さんが、おもしろいおもちゃを見つけたような顔をして、言った。

「一淋くんって、ホント猫《ねこ》っぽいよね。きみのほうこそ、みーたって呼ばれるべきだと思うな、わたし」

一淋の猫舌と、いつもの亜吉良への横暴ぶりを同時にからかった須磨さんに、みんなで笑った。

6

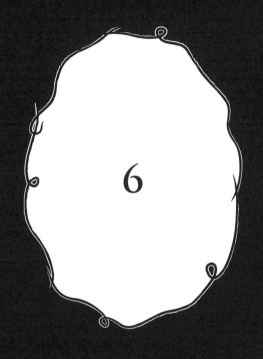

お店にもどると、カウンター席をあいだにはさんで、深海《ふかみ》と佐多《さた》くんが盛り上がっていた。

「デザイナー替《か》わってから、めちゃくちゃよくなったんですよ、あそこは」

「へえ、そうなんですか」

「あ、知らなかったですか？　替わったんですよ」

「佐多くん、本当にくわしいですね」

「ファッション関係のＳＮＳなら、ほぼ網羅《もうら》してますもん」

深海が、お、という顔をしながら、ぞろぞろとカウンター席に向かっていた希子《きこ》たちを見た。

「おかえりなさい。お茶会、どうでした？」

丁寧語《ていねいご》だ。希子にたずねているらしい。

「楽しかったです。月太朗《つきたろう》くんと会えて、須磨《すま》さんもうれしそうでしたし」

「まさか須磨さんがペンギン好きとは、意外でした」

「ですよね。わたしも意外でした」

深海が須磨さんの具合をたずねてこなかったのは、亜吉良《あきら》が月太朗をつれにきたとき、すでに聞いていたからだろう。

希子は、通学バッグを置いたままにしてあったいつもの席――佐多くんが座《すわ》っているそのとなりの席だ——に腰《こし》をおろした。

「おかえりー」

佐多くんが、にこっと笑いかけてくる。

「ごめんね、急に出ていったうえに、お茶までしてきちゃって」

「だいじょうぶ。深海くんと服の話で盛り上がってたから」

ああ、それで、と腑《ふ》に落ちる。

たしかに深海も、ファッションにはちょっとこだわりがあるほうだ。

「深海くん、オレの大好きなブランドのブレスつけててさ。うわ、やべー、と思って、がんがん話しかけちゃった」

一淋《いちりん》と亜吉良は、フロアのお客さんに気づかれないよう、月太朗をつれてまっすぐ作業室に向かったようだ。

腕《うで》に抱《だ》かれていると、月太朗は案外、ペンギンだと気づかれにくい傾向《けいこう》がある。シルエットが荷物っぽいのと、まさかこんなところにペンギンがいるわけがない、という思いこみが、その傾向を生み出しているようだ。

「はい、カフェオレ」

店を出る前に、いったんキャンセルしたカフェオレを、深海が出してくれた。

「あ、すみません。ありがとうございます」

目の前に置かれたカフェオレから、甘《あま》い香《かお》りがかすかに立ちのぼっている。

希子がカップを手に取ると同時に、一淋と亜吉良がフロアにもどってきた。そのまま調理スペースに入っていく。

「混まなかった？」

一淋に声をかけられた深海が、「三組だけ」と答えた。釜《かま》の前で腕組《うでぐ》みをして立っていた九嵐《くらん》が、「しかも」とつけ足す。

「そのうち二組は、カフェオレだけだった」

要するに、忙《いそが》しくはなかった、ということらしい。

亜吉良は、シンクに溜《た》まっている洗いものがないことを確認《かくにん》すると、調理スペースから出てきて、カウンター席のすぐ横――お客さんがいないとき、決まって亜吉良が待機している場所で、希子の座《すわ》っている席のちょうど真横だ――に立った。

「三田《みた》くん、どうも」

さっそく佐多くんが、亜吉良に話しかけた。

亜吉良は、ぺこ、と小さく会釈《えしゃく》を返しただけだ。

「いまさらだけど、オレ、佐多っていいます。林田《はやしだ》さんと同じクラスで、最近になって、お昼をいっしょに食べたりするようになった感じで」

あ、と言って、佐多くんは言い足した。

「ふたりきりじゃないよ？　オレの小学校時代からのつれもいっしょ。そいつは、となりのクラスなんだけどね」

亜吉良は、黙《だま》って聞いている。

佐多くんには、三田くんはだれにでもあんな感じ、と言ったものの、こうしてふたりのやり取りを傍観《ぼうかん》していると、たしかに亜吉良の態度は、佐多くんにたいしては少しばかり冷ややかなような気がしなくもなかった。

心配になって、亜吉良の様子をうかがう。

気がついた亜吉良が、なに？　という顔をした。

「佐多くん、三田くんと仲よくなりたいみたいで」

思わずそう答えると、間髪《かんはつ》いれず、佐多くんから抗議《こうぎ》の声が上がった。

「ちょっとちょっと、林田さん！　その言い方ってどうだろ。なんかオレ、ヤバいやつみたいじゃない？」

「そんなこと、だれも思わないよ！」

「いやいやいや、ふつう、高一の男がさあ、知り合ってまもない同い年の男に、仲よくなりたいって伝えるの、相当、ぎりぎりだと思うよ？」

「そうかなあ」

希子が首をかしげていると、佐多くんが、ぐいっと希子のほうに身を乗り出してきた。

「三田くん、オレ、そういうあれじゃないからね！　ただ単に、林田さんの友だちとして、三田くんとも仲よくなれたらいいいんじゃないかなっていう、ただそれだけだからね！」

希子の体越《からだご》しに、亜吉良に向かって〈誤解はしないでねアピール〉をしていると、

「……誤解されたことがあるとか？」

ぼそ、と亜吉良が言った。

「え？　あ、オレ？　いや、ないけど。もし三田くんが、オレにひいちゃったらやだなって思っただけで」

「やけに必死だから、似たようなことでもあったのかって思った」

「いやいや、ないよ、ないない。純粋《じゅんすい》に、三田くんをびびらせたくないっていう、オレなりの

気遣《きづか》いっていうか。林田さんが変な言い方するからさあ」

　矛先《ほこさき》が、希子にもどってきた。

「そんな変な言い方してないと思うけど」

「したよー、聞きようによってはだけど」

「聞きようによっては、でしょ？　佐多くんが深読みしすぎなんだよ」

「えー？　そうかなあ、どう思う？　三田くん」

「いや、オレも、そっちが言い出すまでは、なんとも思ってなかったけど」

「マジで？　あれー、そうかあ、オレの考えすぎかー」

「おもしろい気の遣い方するなって感じ」

「なにそれー、気の遣い方におもしろさは求められてないでしょー」

　なんだか会話がはずみ出しているぞ――。

　じゃまにならないよう、少し身を引くようにしながらふたりのやり取りを見守っていた希子に、調理スペースの中から一淋が手招きをしてみせた。

　ちょっとごめんね、とふたりに断ってから席を立ち、調理スペースの入り口までいく。

「なんですか、一淋さん」

「あいつ、希子のことをきらってるんじゃなかったの？」

「あ、いえ。そういうわけでは……」

「そうなの？　だったらいいけどさ。またなんか、希子に文句とか言いにきたんだったら、オレが——」

「ちがいますちがいます、佐多くんはただ、三田くんと友だちになりにきただけで……」

ちょっとーっ！　と佐多くんが大きな声を出した。

「林田さん、それもやめて！　小学生男子じゃないんだから！　友だちになりたがってるとか言われるの、マジ恥《は》ずかしいし！」

聞こえてしまったらしい。

あわてて希子は、首を伸《の》ばしてカウンター席のほうをのぞきこんだ。

「じゃあ、なんて言えばいいの？」

「かまたま食べにきた、でいいでしょ、そこは」

いちいちうるさすぎる……と思いながらも、なんだか佐多くんのこのノリに慣れはじめている自分に、ちょっと吹《ふ》き出《だ》しそうになってしまう。

「だそうです、一淋さん」

希子がそう言うと、一淋は、いきなり佐多くん本人に向かって、「うちのかまたま、気に入ったんだ？」と声をかけた。

「あ、はい。めちゃくちゃハマりました。うまいっす」

「でしょー。先輩《せんぱい》のうどんはほかのうどんとはちょっとちがうから」

「先輩っていうのは、そこにいる……」

佐多くんが、釜《かま》の前にいる九嵐をちらっと見やる。

「そうそう。うちの店長ね」

あのー、と言って、佐多くんが九嵐に向かって首を伸《の》ばした。

「うどん、マジでうまかったです」

九嵐は小さく、頭を揺《ゆ》らしただけだった。

くる、と顔を真横に向け直した佐多くんが、「三田くんはさ」と言って、今度は亜吉良に話しかけている。

「アルバイトなんだよね？」

「いまのところは」

「あ、正社員の道も考えてるんだ」

「いや、そういうわけじゃ……」

亜吉良が答えにくそうにしている。

アルバイトのままでいくか、正社員になるか——どころではない重大な選択《せんたく》を、亜吉良はいずれ、しなければならない。

「佐多くんは、バイトはしてないの？」

すかさず希子が割って入ると、佐多くんはすぐに、「夏休みのあいだはしてたんだけどさー」と答えた。

「学校はじまったら、シフトに入る日を減らさなきゃいけないって話したら、だったら辞《や》めてほしいって言われちゃって」

「そうなんだ。なにやってたの？」

「古着屋の倉庫の仕事。海外から送られてきた大量の段ボール箱をばらして、アイテム別に選別してくの」

洋服の勉強にもなるかと思い、夏休みのあいだ、週に五日も働いていたそうだ。

「夏休みのあいだにけっこう稼《かせ》げたから、とりあえず、冬休みまでは働かなくてもいっかなーと思って」

「貯《た》めたお金は、やっぱりお洋服に使うの？」

「半分はね。残りは貯金」

「あ、そっか、留学するための」

「そうそう、いまのうちから、こつこつとね」

玄関《げんかん》の戸が、立てつづけに二回、開いた。

そろそろお店が混んでくる時間だ。希子の帰宅時間も、近づいている。

「佐多くん、わたし、そろそろ帰らないと」

「あ、そうなの？　じゃあ、オレもいっしょに帰る」

帰《かえ》り支度《じたく》をはじめた佐多くんが、「あ、でね、三田くん」と言って、ふたたび亜吉良に話しかけた。

「こないだも誘《さそ》ったあれだけど、あしたとか、どう？」

「えっと、それって……」

「オレの幼なじみのバイト先に遊びにいかない？　っていう、あれ」

「あー、うん」

「神楽坂《かぐらざか》にできたばっかかの和カフェらしいんだけど、抹茶《まっちゃ》パフェが絶品なんだって」

亜吉良が、どうすればいい？　という目をして、希子を見つめてくる。

「いかない？　いっしょに」

「うん……じゃあ」

すかさず佐多くんが、「よし、決まり」と言いながら、通学バッグの中からスマホを取り出した。

「三田くんのＩＤ教えて」

「メールしかやってない」

「うそ！　三田くんも？　えーっと、じゃあ、アドレスと、電話番号も一応、教えて」

言われるままに、亜吉良は答えた。

「登録、と。じゃあ、あとで待ち合わせの時間と場所、送っとくね」

被害妄想癖《ひがいもうそうへき》があるわりに、佐多くんには独特の人なつっこさのようなものもある。

希子がそうだったように、亜吉良もまた、佐多くんのそのちょっと強引《ごういん》な距離《きょり》の詰《つ》め方《かた》への抵《てい》抗《こう》の仕方がわからないようだった。

その横顔には、ほんの少しの戸惑《とまど》いと同時に、なつかしさを感じているような、そんな表情がにじんでいるように見える。

希子は、亜吉良の横顔をこっそりと盗《ぬす》み見《み》ながら、ああ、そうか、と思った。

かつての亜吉良にとっては、ごく当たり前にあったはずの、〈同い年の同性と気軽に言葉を交《か》わす〉という行為《こうい》。

それすら、いまの亜吉良には長く遠ざかったままになっているもののひとつなのだと。


「なーんできたんだよー、もー」

扉《とびら》を開けるなり、増田《ますだ》さん――佐多くんは、マス子と呼んでいる――が、間延びした抗議《こうぎ》の声を上げた。

先頭に立っていた佐多くんが、ゲラゲラと笑い出す。

「ぜったいそういう反応すると思った！」

和風のカフェらしい、落ち着いた色合いの木が多用された空間だ。そこに、七組のソファ席が、ゆったりとした間隔《かんかく》で配置されている。

大きな木枠《きわく》の窓には飴色《あめいろ》のすだれがかけられていて、差しこむ夕日がやわらかかった。

増田さんは、白いえりつきのシャツに、黒いパンツ、黒いギャルソンエプロンをつけている。

いつもはおろしている髪《かみ》も、うなじの少し上で、ぎゅっとひとつにまとめていた。

「きーちゃんまできてるしー」

そう言って増田さんが、希子の肩《かた》に自分の肩を軽くぶつけてくる。

「迷惑《めいわく》じゃない？」

思わずたずねた希子に、増田さんは、あははーと笑った。

「迷惑かけるようなことするつもりならね」

「しないよ、そんなこと！」

増田さんは、ぶはっと盛大《せいだい》に吹《ふ》くと、「きーちゃんらしいリアクションだなー」と言って、少しのあいだ笑いつづけていた。

「お友だちなの？　絵摩《えま》」

レジカウンターの奥《おく》から、長い髪をおだんごに結《ゆ》い上《あ》げた女性が出てきた。

「あ、りっちゃん」

親しげな様子からすると、この人が増田さんのおばさんのようだ。ということは、このお店のオーナーさんでもある。増田さんと同じく、白いえりつきのシャツに、黒のパンツ、黒のギャルソンエプロンというういでたちだ。三十代の半ばくらいに見えるけれど、自分のお店を持つくらいだから、もしかすると実年齢《じつねんれい》はもう少し上なのかもしれない。

「ほら、これ、佐多。覚えてない？」

これ、と言いながら、増田さんが佐多くんの背中をぐいっと押《お》す。増田さんのおばさんの前にさし出されるかっこうになった佐多くんが、ぺこりとおじぎをした。

「お久しぶりです」

「あー、佐多くん！　中学生のとき、絵摩といっしょにホテルのプールにつれてった子だ！」

「そうですそうです」

「わー、大きくなったねえ。すぐにわからなかったよー」

「めちゃくちゃちびでしたからね、あのころは」

「男の子って、ホント急に背が伸《の》びるよねえ。いま、どのくらいあるの？」

「百七十五、六ですかね」

「うっそー、二年前には、わたしよりちっちゃかったのに！」

どうやら中学時代の佐多くんは、小柄《こがら》な男の子だったようだ。

さあさあ、というように、増田さんのおばさんに奥《おく》の席へと通された。いちばん奥の赤いソファの席だ。店内にあるソファは、色も形も統一されていない。柄のものもあれば無地のものもあるし、布製のものもあれば革張《かわば》りのものもある。

佐多くん、希子、亜吉良の順に席に通されたので、ごく自然に、佐多くんの向かい側に希子が、亜吉良は希子のとなりに座《すわ》った。

あらためて店内を見回してみると、半分以上は席が埋《う》まっている。オープンしてまもない時期だということを考えれば、そこそこ順調な滑《すべ》り出《だ》しだろう。

「絵摩、休憩《きゅうけい》まだだったよね。いいよ、いま取っちゃって」

「え、いいの？」

「エプロンははずしてね」

「はーい」

つまり、この席に合流してもいい、ということらしかった。

「ただいまメニューをお持ちしまーす」

そう言いながら、増田さんはいったんレジカウンターのほうにもどっていった。

増田さんから〈りっちゃん〉と呼ばれていたこのお店のオーナーも、希子たちに軽く会釈《えしゃく》をしてから立ち去っていく。

「前に会ったときも思ったけど、三田くんって、そんなに着るものにこだわってなさそうなのに、なんか雰囲気《ふんいき》いいよね」

三人になったとたん、脈絡《みゃくらく》なくそんなことを言い出した佐多くんに、亜吉良はちょっとリアクションにこまったような様子を見せたあと、「あのさ」と言った。

「三田でいいよ。同い年なんだし」

「あ、くんづけ、しないほうがいい？　じゃあ、三田って呼ぶね」

「うん」

あ、でも、と言って、佐多くんがソファの背もたれから身を起こす。

「仲よくなってきたなって思ったら、亜吉良って呼ぶかも」

「あー……じゃあ、それは佐多の好きなように……」

佐多くんの視線が、きょろっと希子のほうを向いた。

「林田さんのことはもう、名前呼びしてもいいよね？」

「え？　わたし？」

「だいぶ仲いいでしょ、オレと林田さん。マス子だってさ、最近、林田さんのこときーちゃんって呼んでるじゃん？　オレもそろそろ、名前呼びしてもいいころかなって思って」

「それはまあ……佐多くんの呼びやすいように呼んでくれたらいいと思うけど」

「ちなみにだけどさ」

「ん？」

「林田さん、オレの下の名前、知ってる？」

なんだっけ、名簿《めいぼ》で見たんだけどな、と思った分、答えるのが遅《おく》れてしまった。

たしか、画数が多めの漢字がふたつならんだ名前だったような……。

即答《そくとう》できなかった希子に、佐多くんはおおげさなため息をついてみせる。

「だと思った！　とーもーふーみー！　月がふたつならぶ朋に、歴史の史で、朋史《ともふみ》ね！」

「なんかちょっと意外な感じ……」

「なにそれ、オレの名前が意外ってこと？」

「なんていうか、佐多くんの下の名前ってもっと……うーん、いいたとえが思いつかないけど、朋史じゃないような」

「オレの親に失礼だぞ、きーちゃん！」

「あ、ご両親がつけたんだ」

「あれ、きーちゃんはちがうの？」

「うちは、おばあちゃんがつけたっぽいよ」

「へー、そうなんだ」

ごく自然に、佐多くんは希子を、きーちゃんと呼びはじめた。こういうところに、佐多くんの人づきあいにおける器用さのようなものを感じる。

「オレ、名字が短くて、下が長いじゃん？　しかも、佐多って名字のやつが同じクラスにいたこともないし。だから、ずーっと佐多なんだよね、どんなに仲よくなった相手からも。それが中学んときはすっごくいやだった。他人行儀《たにんぎょうぎ》っぽくない？　って思って。いまは、サタってカタカナで書くとあだ名みたいだし、かえってかっこいいかって感じだけど」

「佐多くんがデザイナーさんになったら、トモフミサタになるんだよね。すごくデザイナーさんっぽい名前じゃない？」

「でしょ！　でしょ！　サタって名字、悪くないんだよねえ。いい名前を授かってくれたご先祖さまに、感謝しないと」

そこで急に、亜吉良が会話に入ってきた。

「デザイナーって？」

佐多くんがすぐに答える。

「服飾《ふくしょく》関係の仕事しようと思ってて」

「そうなんだ」

「デザイナーまでいければ最高だけど、ひとまず、オレが共感できるメゾンのスタッフになるところからはじめるつもり」

「メゾン……」

「ブランドっていうか、お店っていうか」

「ああ、うん。わかった」

「オレ、洋服バカだからさ、ほかの進路って考えらんないんだよね」

そんな話をしていたところに、エプロンをはずして、上半身だけ着替《きが》えた増田さんがもどってきた。白いえりつきのシャツの代わりに、黒いVネックのニットをラフに着ている。

めざとく気づいた佐多くんが、さっそくつっこんでいる。

「遅《おそ》いと思ったら、着替えてるし」

「お客さんに、店員がサボってるって思われたらまずいじゃーん」

はいこれ、と言って、増田さんがメニューをテーブルの上に置く。

正方形のフォトアルバムを利用したものだ。写真とメニュー名を記したカードが、一ページごとに貼《は》りつけてある。

「オススメはねー、抹茶《まっちゃ》パフェなんだけど、もし甘《あま》いものがあんまり得意じゃないんだったら、和栗《わぐり》とさつまいものケーキが、甘すぎなくてすごくおいしいよー」

増田さんのオススメにしたがって、希子と佐多くんは抹茶パフェを、亜吉良は和栗とさつまいものケーキを注文することにした。

ちょっといってくる、と言って、レジカウンターの奥《おく》にある調理スペースに注文しにいった増田さんは、今度はすぐにもどってきて、佐多くんのとなりに腰《こし》をおろしながら、「っていうかさー」と言った。

「佐多はまた、将来の計画の話してたわけ？」

「悪い？」

「悪くはないけどー、佐多、すぐその話するからさー」

「マス子だって、すぐ自動車大学校の話すんじゃん」

耳慣れない固有名詞が出てきたので、希子はつい、きき返してしまった。

「自動車大学校？」

ああ、というように、佐多くんが説明してくれる。

「整備士とか、車のプロになりたい人のための専門学校のこと。マス子、高校卒業したら自動車大学校いって、メーカーのメカニックになりたいんだって」

増田さんが、補足した。

「で、最終的には、八十年代くらいまでの国産車専門にメンテナンスするアトリエ持ちたいんだよねー」

増田さんもなんだ、と思った。

佐多くんだけではなく、増田さんも、自分にはこれだ、というものを、もう見つけている人なんだ、と。

「すごいね、ふたりとも」

思わず希子がそうつぶやくと、増田さんは、「自分も佐多も、まだなれるって決まったわけじゃないからねー」と言って、からりと笑った。

「それより、自分、まだ名前も知らないんだけど」

最初、増田さんがなにを言い出したのかよくわからずに、希子も佐多くんも、そして、亜吉良までが、きょとんとしてしまった。

「そちらのお兄さんと自分、初対面なんですけどー」

増田さんがそう言って亜吉良のほうに手のひらを向けた瞬間《しゅんかん》、「あーっ」と佐多くんが叫《さけ》んだ。

「そっかそっか、マス子にはまだ、三田の紹介《しょうかい》してなかったんだ！」

遅《おく》れて希子も、あ、と思った。

「こちら、三田亜吉良といってだね、林田さんの中学時代の同級生——だよね？」

佐多くんがそう確認《かくにん》してきたので、こくこく、とうなずく。

「彼氏《かれし》？」

増田さんも、佐多くんと同じことをきいてきた。

「ちがうよ」

「ちがうんだ」

「でも、ただの元同級生ってわけでもなくて、えっと、三田くんはいま、わたしがよくいくお店でバイトをしてて……」

増田さんが、勝手にまとめてしまう。

「彼氏ではないけど、親しい間柄《あいだがら》ではあるってわけだね」

「うん」

「自分と佐多みたいな感じだ」

「そう……なのかな」

亜吉良と自分は、果たして佐多くんと増田さんほど、親しい関係になれているのかな、と考えこんでしまう。

特別なつながり、のようなものは、まちがいなくあるとは思う。

それが、親しい、と言《い》い換《か》えられるものなのかどうか、希子には判断がつかなかった。

「きーちゃんがよくいく店って、どういうとこなの?」

希子よりも先に、佐多くんが答えてしまう。

「うどんの店! つーか、かまたまとカフェオレしかない店なの! おもしろくない?」

「へー、変わってんね」

「でもさ、そのかまたまがもう、はんぱないうまさなの」

「えー、食いたーい」

「今度マス子もいっしょにいこうよ」

「いくー」

ふたりのゆるゆるとしたやり取りを、なぜだか亜吉良が、まじまじと見つめている。

希子の視線に気づくまで、亜吉良はなにか考えこんでいるようなまなざしで、佐多くんと増田さんを見つめつづけていた。

「あ、なに?」

やっと希子に見られていることに気がついた亜吉良は、なにか話しかけられていたのだとかんちがいしたらしい。

「ううん、なにも言ってないよ」

「そう」

お待たせしましたー、という声が、希子の背後から聞こえてきた。

このお店のオーナーの〈りっちゃん〉さんが、トレイを手にテーブルの横に回りこんでくる。

「抹茶《まっちゃ》パフェのお客さま」

はい、と希子と佐多くんが同時に手を挙げる。自動的に、亜吉良の前には和栗《わぐり》とさつまいものケーキが置かれた。増田さんは、コーヒーだけだ。

メニューで見た以上に、抹茶のパフェは盛られている具材が豪華《ごうか》で、これは雑誌やテレビで紹《しょう》介《かい》されてもおかしくない、と思うほどの見た目をしている。

「どうぞごゆっくり」

運んできてくれた〈りっちゃん〉さんが立ち去ると同時に、佐多くんが、いただきます、とスプーンを手に取った。

希子も、さっそく抹茶《まっちゃ》アイスの部分を口に運ぶ。

うん！　と思わず声を出しそうになった。それくらい、おいしい。

「あ、うまい」

亜吉良が、ぼそりと言う。和栗《わぐり》とさつまいものケーキも、おいしいらしい。

佐多くんもしきりに、うまいよこれ、マジうまい！　と騒《さわ》いでいて、そんなみんなの様子に、
増田さんは満足そうだった。

パフェが半分ほどになったところで、希子はふと、同じ席に集まっている三人の顔を見渡《みわた》してみた。

なんか不思議な感じ……。

佐多くんと自分が口をきくようにならなければ、自分と増田さんが親しくなることはなかったし、佐多くんが亜吉良をしつこくこのお店に誘《さそ》わなければ、増田さんと亜吉良がこうして同じ席でいっしょにお茶をすることもなかったはずだ。

ひとりでいよう、と決めたとき、ひとりになるのは簡単だった。

ひとりが長くなって、だれかと親しくつきあう、ということから遠く離《はな》れた状態がつづくよう

になると、むかしはそんなふうに思ったこともなかったのに、ひとりじゃない人でいるのって、本当はすごくむずかしいことなんじゃないのかな、と思うようになっていた。

いまは、ひとりになるのが簡単なように、ひとりじゃなくなるのも、本当は簡単なことなのかもしれない、と感じている。

それをむずかしくしてしまうのは、いつだって自分なのだと、いまの希子は思う。

亜吉良と、また目が合った。

またひとつ、中学時代には考えられなかったようなこと、してるね——。

ひそかに、そう伝えた。


最寄《もよ》りの駅から自宅に向かって歩き出すころには、空は完全に夜の色に変わっていた。

「門限、間に合うかな」

亜吉良が、時間を気にしてくれている。

希子は、だいじょうぶ、と答えてから、「でも、ちょっと急ぎ足で」と言い足した。

「ねえ、三田くん」

息がはずむ寸前の速度で歩きながら、希子は亜吉良に、〈あのときのこと〉をたずねてみることにした。

「佐多くんと増田さんが話してたとき、三田くん、じっとふたりのこと見てたじゃない？」

「……そうだっけ？」

「そうなの。なんか、すごくじっと見てるなあって思って、気になってたんだ」

「うーん、それがいつなのかよくわかんないけど、なんか、あのふたりとしゃべってて、ちょっと考えてたことはあるかな」

やっぱり、と思った。

「それって……」

少し遠慮《えんりょ》しながらも、先をうながしてみる。

亜吉良は、まっすぐ前を向いたまま、あっさりと答えてくれた。

「佐多と増田さん、進路のこと、話してたよね。あれが、なんていうかちょっと……」

「ちょっと？」

「ずしっときたというか」

思わず、足が止まってしまった。

まさか三田くんがあのとき、そんなことを思っていたなんて、と思う。

「林田さん？」

亜吉良も足を止め、一歩うしろに下がるかっこうになっていた希子を振《ふ》り返《かえ》った。

「ごめん……なさい、わたし……」

自分がひどく無神経なことをしてしまったような気がして、思わずそんな言葉が口をついて出た。

「なんであやまるの？」

亜吉良は少しあきれたようにそう言うと、両手をジーンズのポケットに入れながら、希子のほうに一歩、近づいてきた。

「だって、三田くんを……」

「オレを傷つけたと思った？」

答えられなかった。

そうだと答えれば、ますます亜吉良を傷つけることになるような気がして、なにも言えない。

「佐多と増田さんは、どんな未来でも選び放題なんだな、オレとはちがうんだなって思ったのはたしかだけど、だからって、佐多と増田さんとあの店でしゃべったのは、オレにとって迷惑《めいわく》なことだった、なんて思ってないし」

ああ、やっぱり三田くんは、佐多くんと増田さんの話を聞いて、いまの自分とのちがいを感じていたんだ、と思う。

それを知ったいま、いくら亜吉良が、迷惑《めいわく》なんかじゃなかった、と言っても、希子を落ちこませないために言ってくれているようにしか思えなかった。

「林田さんのために、言ってることじゃないからね？」

まるで、希子の気持ちを読んだように亜吉良が言う。

「オレはもう少し、いまの自分がふつうの状態じゃないっていう自覚を、持たなくちゃいけないんだと思う」

「自覚……」

「そうじゃないと、このままでいいっていうほうにばっかり、気持ちがかたむいていきそうだから」

希子は、はっとしたように亜吉良の顔を見た。

「この先オレはどうすればいいのか、いっしょに考えてくれるんでしょ？」

「もちろん！」

「だったら、オレが落ちこむようなことがありそうな場所にだって、林田さんはどんどんオレを引っ張ってってくれていいんだよ」

亜吉良の言うとおりだ、と思った。

いまの自分は、ふつうじゃない状態を生きている亜吉良を、ごくごくふつうの高校一年生の日常に橋渡《はしわた》しすることができる、唯一《ゆいいつ》の存在なのだ。

自分はこんなに、ごく当たり前の高校生とはちがっている、ということに亜吉良が気づける場面を自分はどんどん提供するべきで、そして、提供したあとにすることは、あやまったりすることなんかではなく――。

「……あのね、三田くん」

「なに？」

「じつは、わたしもあのふたりの話を聞いて、少し落ちこんだ……というか、ああ、わたしってまだなにも見つけてないんだなって思ってたの」

「将来、なにをしたいか、みたいなこと？」

「そう」

だから、なんだというのか。

希子にも、自分がいま、亜吉良になにを言いたくてこの話をしたのか、わからなかった。

ただ、自分が感じたことをそのまま、亜吉良に伝えなければ、と思っただけだ。

「そっか」

亜吉良は、ひどくやさしい表情で、ぽつりと言った。

亜吉良といっしょに、亜吉良の今後のことを考える、ということは、ただそれだけを考えつづけるのではなく、ふたりでいっしょに見たこと、知ったこと、感じたことを、共有していくことなのかもしれない——ふと、そんなことを思いかけたところで、亜吉良が、「あれ?」と少しうわずったような声を出した。

希子の背後に向かって、首を伸《の》ばしながら、目を凝《こ》らすような表情をしている。

「どうしたの?」

つられてうしろを振《ふ》り返《かえ》ると、路地の奥《おく》のほうに、人影《ひとかげ》を見つけた。

「……九嵐さん?」

「やっぱり、そうだよね」

そのままふたりで立ち止まったままでいると、九嵐らしき人影が、街灯のあるところまで近づいてきた。

「あれ」

九嵐も、希子たちに気がついたようだ。

「いま、帰ってきたとこ?」

少し足を速めながら、そう亜吉良に話しかける。

「はい、ついさっき、駅に着いて」

「神楽坂だっけ、いってたの」

「そうです」

亜吉良はきちんと、どこにいくためにお店を休むのか、九嵐に伝えておいたらしい。

「九嵐さんは、どこいってたんですか」

「休憩《きゅうけい》がてら、駅前の本屋いってた」

「ああ、次号はうどん特集だって言ってたあの雑誌、きょうが発売日でしたっけ」

「いや、一日まちがえてた。あしただった」

あからさまにがっかりした様子を見せていた九嵐の視線が、すっと動いて希子を見た。

「希子さん、時間はだいじょうぶなの?」

「あ!」

いつのまにか、時間のことを忘れていた。腕時計《うでどけい》に目をやると、六時五十五分だった。門限の七時まであと五分だ。

「わたし、先にいきますね！」

そう言って、希子は走り出した。

走りながら、肩越《かたご》しに振《ふ》り返《かえ》る。

亜吉良と九嵐は、その場に足を止めたまま、希子を見送っていた。

いつまでああしてふたりがいっしょにいるところを見ていられるんだろう――。

それは、唐突《とうとつ》に希子の胸にやってきた思いだった。

いままでは、ぼんやりとした遠いいつかのことのようにしか感じていなかったのに、急に、空白だった予定表に予定が書きこまれたような気分になった。

小学校の卒業を間近に控《ひか》えていたとき、思ったことがある。

どうして、こんなにすっかりなじんだ毎日を終わりにして、新しい生活をはじめなくちゃいけないのかな――ひどく憤《いきどお》りながら、そう思ったのだ。

クラスのみんなと仲がよかったし、担任の先生のことも好きだった。お気に入りの場所だって、校舎のあちこちにあった。

そんな小学校での日々を、ここまででおしまいにしてください、と言われて、そのとおりにしなくてはいけないことが、幼い希子には、ひどく理不尽《りふじん》なことに感じられてしょうがなかったのだ。

学生である以上、いまの希子の毎日も、やっぱりいつかは終わりがくる。高校一年生という区切りが終われば、高校二年生という区切りの中へ移動しなければならない。やがては、卒業、という節目も、またやってくる。

どんなにいやだと思っても、どんなに理不尽なことのように感じても、だ。

それが、いまの自分が身を置いている〈時間帯〉なのだと、希子は思う。

ずっとこのままで、と望んだままにかなえられるときがくるのは、きっともっとずっとおとなになってからのことなのだろう。

いまは、さあ、ここにいていい時間はもうおしまいだよ、と次から次へと背中を押《お》されながら、どんどん進んでいく流れの中にいるのだと、おぼろげながらわかってきた。

いまいるこの場所が、過去になってしまうその前に。

自分がしておきたいことはなにか。

だれと、どんなふうに限られたその時間を過ごしておきたいのか。

ちゃんと、考えよう。
考えながら、毎日を過ごそう。
ひっそりとした、だけど、さわれば熱い炎《ほのお》のような気持ちが、希子の中に灯《とも》る。
角を曲がる前に、もう一度だけ、肩越《かたご》しにうしろを見返ってみた。
亜吉良と九嵐は、同じ場所に立ったまま、希子を見送りつづけていた。

〈つづく〉

石川宏千花　いしかわひろちか

『ユリエルとグレン』で、第48回講談社児童文学新人賞佳作、日本児童文学者協会新人賞受賞。主な作品に『お面屋たまよし①～⑤』『死神うどんカフェ１号店』『メイド イン 十四歳』（以上、講談社）、『墓守りのレオ』（小学館）などがある。『少年Nの長い長い旅』（YA! ENTERTAINMENT）と『少年Nのいない世界』（講談社タイガ）を同時刊行して話題となった。『拝啓パンクスノットデッドさま』（くもん出版）で、日本児童文学者協会賞を受賞。

画・庭

装丁・城所潤（Jun Kidokoro Design）

YA! ENTERTAINMENT
死神《しにがみ》うどんカフェ１号店《ごうてん》
四杯目《はいめ》
石川宏千花《いしかわひろちか》

2015年3月10日　第1刷発行
2022年8月22日　第7刷発行

N.D.C.913　230p　20cm　ISBN978-4-06-269492-6

発行者　鈴木章一
発行所　株式会社講談社
〒112-8001
東京都文京区音羽2-12-21
電話　編集 03-5395-3535
販売 03-5395-3625
業務 03-5395-3615
印刷所　株式会社ＫＰＳプロダクツ
製本所　大口製本印刷株式会社
本文データ制作　講談社デジタル製作

KODANSHA